El hijo de Greta Garbo

Contemporánea
Narrativa

FRANCISCO UMBRAL

EL HIJO DE GRETA GARBO

Prólogo de Miguel García-Posada

Planeta

El papel utilizado para la impresión de este libro está calificado como **papel ecológico** y procede de bosques gestionados de manera **sostenible**.

fundación Francisco Umbral

No se permite la reproducción total o parcial de este libro, ni su incorporación a un sistema informático, ni su transmisión en cualquier forma o por cualquier medio, sea éste electrónico, mecánico, por fotocopia, por grabación u otros métodos, sin el permiso previo y por escrito del editor. La infracción de los derechos mencionados puede ser constitutiva de delito contra la propiedad intelectual (Art. 270 y siguientes del Código Penal). Diríjase a CEDRO (Centro Español de Derechos Reprográficos) si necesita fotocopiar o escanear algún fragmento de esta obra. Puede contactar con CEDRO a través de la web www.conlicencia.com o por teléfono en el 91 702 19 70 / 93 272 04 47

© Herederos de Francisco Umbral, 2007
© del prólogo, Miguel García-Posada
© Editorial Planeta, S. A., 2013, 2022
 Avinguda Diagonal, 662, 6.ª planta. 08034 Barcelona (España)
 www.planetadelibros.com

Diseño de la colección: Compañía
Diseño de la cubierta: Austral / Área Editorial Grupo Planeta
Ilustración de la cubierta: © Daniel Francesch Serra
Primera edición en Austral: octubre de 2013
Segunda impresión: mayo de 2022

ISBN: 978-84-08-12108-4
Depósito legal: B. 19.568-2013
Impresión y encuadernación: QP PRINT
Printed in Spain - Impreso en España

Biografía

Francisco Umbral (Madrid, 1935-2007) se dedicó desde los años sesenta a la literatura y el periodismo. Se le ha definido como «el mejor prosista en castellano del siglo». Su novela *Mortal y rosa* (1975) es considerada una de las obras maestras de la segunda mitad del siglo XX. La obra de Umbral mereció, entre otros reconocimientos, el Premio Mariano de Cavia, el Premio González Ruano de Periodismo, el Premio de la Crítica, el Premio Nadal con *Las ninfas*, el Premio Príncipe de Asturias, el Premio Víctor de la Serna, el Premio de Novela Fernando Lara con *La forja de un ladrón*, el Premio Nacional de las Letras y el máximo galardón en lengua castellana, el Premio Cervantes. Entre el resto de sus obras destacan *Un carnívoro cuchillo*, *Los helechos arborescentes*, *El socialista sentimental*, *Madrid, tribu urbana*, *Trilogía de Madrid*, *La leyenda del César visionario*, *Diario político y sentimental*, *Historias de amor y Viagra*, *El hijo de Greta Garbo*, *Un ser de lejanías*, *Cela, un cadáver exquisito*, *Los metales nocturnos*, *Días felices en Argüelles* y *Amado siglo XX*.

Asusta pensar que nuestra vida es
un relato sin fábula ni héroe.

> OSSIP MANDELSHTAM

INTRODUCCIÓN

Esta nueva edición de El hijo de Greta Garbo *(1982) permitirá a los lectores más jóvenes tomar contacto con uno de los libros mayores del prolífico escritor que es Francisco Umbral. Un libro que no ha envejecido dieciséis años después de su primera salida y que cabe contar entre sus obras más representativas. Un libro de la memoria.*

Hablar de la memoria en literatura equivale a remitirse en seguida a la gigantesca obra de Marcel Proust, que hizo de ella la fuente primordial de su creación literaria y ha sido decisiva en la valoración que a lo largo del siglo la memoria ha tenido. Pero, en realidad, es una idea antigua que ya la mitología griega evaluó a la perfección al considerar que Mnemósine, diosa de la raza de los Titanes y personificación de la Memoria, era la madre de las Musas; Zeus era el padre. Su linaje distaba, pues, de ser humilde.

En pocos escritores españoles de este siglo ha cumplido la memoria papel tan decisivo como en Francisco Umbral, confesado proustiano, por otra parte. Un gran volumen de su obra, si no toda ella, se nutre del ancho, fresco, fecundo venero de la memoria. El mundo está y aparece para ser recordado, es decir, para ser escrito. Vida y escritura, escritura y memoria de la vida, acaban aquí por identificarse. Esta vida que se escribe «no es —ha señalado Umbral— sino la afirmación perpetua del yo» y «uno de tantos intentos de la criatura humana por fijar el tiempo mismo». Zeus y Mnemósine, Dios y la Memoria: el impulso demiúrgico de crear el mundo en la palabra y con la fidelidad a lo pasado detener su ruina. Escribir y recordar son manifestaciones de un mismo fenómeno. Por eso, el recuerdo es la raíz de que se alimenta todo el mundo de Umbral, y ello en un doble sentido: como sustento de su creación y como tema.

Como sustento, la memoria opera en esta obra dándole temas, argumentos, mundos, situaciones. Pero la memoria se tematiza también, y así se enseñorea de la escritura de Umbral con un poder que tiene difícil equivalente en la literatura española de este siglo. Esta tematización de la memoria actúa en dos direcciones, que son distintas pero complementarias: la memoria personal y la memoria colectiva, la evocación de la peripecia individual y la evocación de la peripecia histórica. Entre el memorialismo individual y lírico y el memorialismo colectivo y épico —la crónica novelada, la novela— se registran a menudo puntos de intersección. De ahí la profunda unidad de esta obra, que excede los cauces por los que se vierte —novela, diario, crónica, ensayo, artículo— y que cristaliza a veces en textos de difícil clasificación. Hay tonalidades, climas, atmósferas que se repiten, con independencia del brillante estilo del autor, reaparecen como puntos de anclaje del discurso, brotan y rebrotan remitiendo siempre a un núcleo irreductible de significación. El escritor recupera el pasado o cifra —escribe— el presente, que pasa a ser en seguida pasado.

Umbral comenzó a escribir ligando infancia y crónica levemente social (Balada de gamberros, *1965*), *para luego derivar a la novela urbana de contenido erótico* (Travesía de Madrid, *1966*, Las europeas *y* El Giocondo, *1970*), *aunque con un intermedio narrativo de iniciación amorosa* (Si hubiéramos sabido que el amor era eso, *1969*), *que anuncia ya al fabulador más lírico, cuyo tema central es la memoria, y en este sentido* Memorias de un niño de derechas *(1974), aunque obra de referencias colectivas, resulta ser un libro central, del que iban a derivarse, por vía indirecta, las novelas de la infancia y la provincia. La celeridad con que nuestro escritor se garantizó un espacio propio dentro de la literatura coetánea, de aquí deriva sustancialmente. Ni el experimentalismo ni la imitación de los narradores hispanoamericanos tentaron a Umbral, convencido, por otra parte, de la inviabilidad del socialrealismo. Ese espacio propio fue, pues, consecuencia de la adopción de esta poética de la memoria que la notable difusión de* Las ninfas *(1976), Premio Nadal del año anterior y la primera novela importante del posfranquismo, consolidó plenamente.*

Las celebradas columnas periodísticas del escritor se incardinan al cabo en esta misma poética de la memoria, tanto si se vinculan a la más inmediata y efímera actualidad como si se amarran a un presente de tránsito más sosegado. Pues no son columnas de periodista sino de escritor de periódico, como el propio Umbral ha precisado algunas veces. Y esto significa no sólo la prevalencia de una permanente voluntad de estilo sino la lealtad del autor consigo mismo, de modo que la perspectiva personal, el punto de vista autorial, colorea cuanto escribe, incluso cuando la columna se tiñe de análisis políticos o sociales.

Nada hay de sorprendente que en muchos de esos artículos y en muchas de sus novelas y textos específicamente memoriales haya construido Umbral una figuración de sí mismo: un personaje baudeleriano, cáustico, humorístico, tierno, algo dandy, burlón y ubicuo. Esa representación es la de un personaje que no tiene necesariamente que coincidir con la persona existencial, concreta, que se llama Francisco Umbral. Es una representación que puede imponerse al Umbral personal, porque es la propia exigencia de la escritura —aquella mediante la cual el individuo vive, es decir, recuerda y escribe— quien la ha suscitado y engendrado: una representación literaria. Proust —conviene recordarlo— negó siempre que él fuera el Narrador de su novela, pese a las innegables coincidencias, y no era la suya una afirmación gratuita: efectivamente el Narrador de la Recherche *es y no es Proust, tanto en los pormenores como en las categorías. La ficción —la novela, el relato— lo ficcionaliza todo. El lector debe estar, pues, prevenido contra la interpretación biografista. La verdad de Umbral es, ante todo, la verdad de la literatura, que es una verdad de imaginación, de estilo, pero que es también una verdad de coherencia, como puede verse en la correspondencia y correlación que mantienen entre sí títulos muy diversos de su obra.*

La elección por parte de Umbral de un estilo formalizado, en que el lenguaje se vuelve sobre sí mismo —tal es la sustancia del lenguaje poético—, afecta también a los textos narrativos de índole más realista y alcanza asimismo a la dilatada producción ensayística del escritor, incluida su producción periodística. Umbral es, pues, y ante todo, un temperamento lírico, y este lirismo radical guarda notoria relación con el papel que cumple la memoria personal en su obra y la insistencia con que ha vuelto una y otra vez al mundo de la infancia y la madre; «el verde paraíso de los amores niños», dice Baudelaire, poeta dilecto del autor, quien ha escrito que la infancia «es la única novela que todo hombre lleva completa y cerrada dentro de sí [...]. Todo está haciéndose y deshaciéndose en nuestra vida, menos la infancia, cerrada para siempre. Las otras novelas hay que hacerlas: la novela de la infancia se nos hace sola». Muchas de estas obras han sido calificadas de «novelas líricas» y lo son si se entiende la expresión en su acepción más rigurosa, esto es, en la tendencia a la desestructuración de los textos y en la adopción de un lenguaje muy formalizado. Dentro del género, seguido con mayor o menor fidelidad, han escrito —conviene recordarlo— algunos de los más grandes narradores del siglo: Proust, James Joyce (el Joyce del Retrato del artista adolescente), *André Gide, Hermann Broch o Cesare Pavese, entre otros.*

La riquísima materia temática que emerge de este conjunto de obras al que en seguida me referiré, está toda ella atravesada por el hilo firme de una memoria poderosa, omnicomprensiva, que se enfrenta al mundo, el amor de la madre, de las madres, el ascenso a los cielos humanos del sexo, la obstinada pasión de los cuerpos femeninos, las ninfas de las riberas o ninfas de los cafés. Y sobre todo eso, la solidaridad con el sufrimiento de los inocentes y el descubrimiento de la belleza y de la literatura.

Todo un ciclo narrativo se sustenta en las novelas que el escritor ha dedicado a la infancia, la adolescencia y la provincia, regidas por la sombra todopoderosa de la madre —y de las otras madres: las tías—, y que toman como espacio urbano decisivo la ciudad de Valladolid, donde transcurrieron los primeros años del autor. Son, fundamentalmente, Los males sagrados *(1973)*, El hijo de Greta Garbo, Las ánimas del purgatorio, Las giganteas *(1982)*, El fulgor de África *(1989)* y, *en cierto sentido,* Las señoritas de Aviñón *(1995), que está emparentada con las precedentes.*

Este ciclo de novelas, que contiene algunos de los mejores aciertos de Umbral, es la expresión concentrada y recurrente de un universo provinciano, amado y odiado a la vez, que sirve de escenario a la crónica lírica y a la vez cáustica, entrañable pero sórdida, presidida por figuras mágicas aunque también habitada por gentes y personajes detestables. La ciudad provinciana, trasposición libérrima de la ciudad de Valladolid, es el espacio de la representación. Ni detallada ni quintaesenciada, la ciudad de Umbral excede los domésticos arquetipos provincianos de la novela de posguerra —aunque herede algunas notas de ella— para ser un espacio problemático y hostil, represivo en normas y costumbres que sólo tiene el contrapeso de la belleza humana o paisajística. Un contrapeso que lo salva en la memoria.

Fábulas proustianas, estas novelas salvan el tiempo perdido, pero también lo conjuran y lo exorcizan. Por estos textos y novelas transita un personaje que a menudo se llama Francesillo (y Paquito), que puede llamarse también Jonás o no llamarse de ningún modo. En cualquier caso, posee una precisa tipología y, aunque sería imprudente tomarlo como un trasunto del escritor, un álter ego sin más, es evidente que guarda con él una clara relación de significado.

Una imagen central vertebra El hijo: *la madre, bella, delicada y única como Greta Garbo. El arquetipo cinematográfico sirve de metáfora y establece míticamente el linaje del protagonista, hijo de la mujer hermosa y delicada como ninguna:*

Paso de procesión, madre profunda, caminar bamboleado, rostro duro de esfuerzo.

En una obra anterior, Los males sagrados, *abocetó Umbral el perfil materno y su historia. Esta madre es un personaje tan luminoso como problemático: enferma, mal mirada socialmente, mujer de un rojo que muere en prisión es, a la vez, la imagen misma de la belleza y la ternura y, también, de la cultura. El niño aprende a leer con ella (Platón, Dante, Galdós, Verlaine, Unamuno, Lorca, Guillén, novelas policíacas...), y es ella, en definitiva, quien lo hace escritor. El niño va con ella a los conciertos —y al cine— y, enlazado a su mano tísica y hermosa, siente cómo desafía a la ciudad. También su agonía y muerte será en este punto modélica: fin de una heterodoxa que rechaza los consuelos de la religión.*

El protagonista, Francesillo, rememora su vida en común con ella. «Estoy embarazado de madre», dirá al final de la novela, en intensa expresión y concepto que origina un «nacimiento inverso»: la madre está en la memoria del hijo. Toda la novela es, pues, la historia de este nacimiento inverso y, sobre tal subsuelo férvido de intuiciones profundas en torno al mundo, se levanta un discurso narrativo candente, raigal, estremecido. Tal como el discurso de Mortal y rosa *(1975), que es el libro del hijo. Ahora pasamos del hijo a la madre. La elegía del padre por el hijo se vuelve la elegía del hijo por la madre. Como objetos narrativos, ambos personajes resultan funcionalmente equivalentes. La coherencia del escritor es bien precisa. Ambos libros difieren, por lo demás, en otros aspectos.*

El hijo toma como eje la belleza de la madre, su cultura, su hermoso y desdichado destino de mujer que moriría joven, vícti-

ma de la tisis y enfrentada a una ciudad hostil de provincias que nunca le perdonaría su republicanismo más o menos azañista y su casamiento con un republicano, cuya sombra de encarcelado gravita sobre toda la novela: éste es el gran referente histórico, portador también de la ausencia que el hijo siente y cifra en un fabuloso traje de húsar a modo de metonimia simbólica. Ambientada en los años treinta y cuarenta, la novela describe la educación sentimental y literaria de Francesillo en el seno de una familia difícil y de una sociedad desgarrada por la guerra civil. Es una de las novelas más hermosas de Umbral por su tensión dialéctica (madre-ciudad, belleza-fealdad, España republicana-España franquista, paganismo-religiosidad) y por el limpio fulgor de su prosa. Con Mortal y rosa y, en otro orden de referencias, con Leyenda del César Visionario *(1991)* marca, a mi juicio, el nivel narrativo máximo del escritor.

La madre es un personaje y un símbolo. Símbolo de la España vencida, símbolo también de la belleza pura y de la libertad. Es la conciencia estética y política de la ciudad, como señala el narrador. Su amor por la música hace de ella una mística. «Mamá laica —escribe bellamente Umbral— era la Santa Teresa de los cielos pautados con tormenta de pianos.» Es un mito positivo —lo crea su hijo, que en bastantes sentidos la inventa: hace de ella Greta Garbo— en un espacio antimítico. La agonía y muerte de la madre marca en este sentido la culminación de la novela. La madre, devorada por el dolor y la muerte, se deshace en su mismo deshacerse, en su «muerte resollante». Pero la aparición del cura con el viático suscita su último gesto de rebelión y entonces aparece desnuda y blanca frente a la negrura del cura y su séquito. La huella de Proust, cuando el Narrador describe el final de la abuela, *resulta perceptible; se trata de una relación entre los dos textos que ha sido asumida conscientemente por Umbral. Merece la pena el parangón. Dice el texto de Proust* (El mundo de Guermantes)*:*

Encorvado en semicírculo sobre el lecho, otro ser que no era mi abuela, algo así como un animal que se hubiera disfrazado poniéndose su pelo y acostándose entre sus sábanas, jadeaba, gemía; con sus convulsiones sacudía las ropas de la cama.

Y leemos en el texto de Umbral:

... la madre en la cama, tan revuelta, rota de fiebre y vómitos, era otra, lo espantoso del dolor es que nos trueca las criaturas, lo satánico de la enfermedad, del tiempo, de la muerte, en fin, es que cambia al ser humano por un desconocido, antes de asesinarlo para siempre.
No era ella.

La muerte opera sobre la abuela del Narrador de la Recherche *una suerte de transfiguración:*

Como en el lejano tiempo en que sus padres le habían escogido esposo, tenía las facciones delicadamente trazadas por la pureza y la sumisión, las mejillas brillantes de una casta esperanza, de un ensueño de felicidad, de una jovialidad inocente, inclusive, que los años habían destruido poco a poco. La vida, al retirarse, acababa de arrastrar consigo las desilusiones del vivir...

Similar proceso afecta también a la madre:

Blanca, esbelta, completa, alabastro caído, ángel desprestigiado, senos adolescentes que me conmovieron, todo un torso de niña, a través del cual la cabeza escultórica se relacionaba armónicamente con la cintura, el vientre, la cadera, el pubis, los muslos. Las rodillas tan suaves aun entonces.

Era la claridad sagrada y mortal, toda la blancura, toda la pureza que puede dar de sí la vida...

El autor español dialoga con su tan admirado autor francés. Abuela y madre cumplen funciones hasta cierto punto intercambiables. Pero Umbral añade a su heroína un punto de rebeldía que no existe en el modelo francés. La madre frente al cura y su séquito. Su desnudez frente a los trajes negros. La madre víctima. Víctima de la muerte pero también de la historia. Proust (o el Narrador de la Recherche) *no se atrevió, quizá por pudor, a contar la muerte de su madre, que transfirió a su abuela; la voz narrativa de Umbral sí se atreve a hacerlo. Una madre que volverá a aparecer con fuerza extrema en* Los cuadernos de Luis Vives (1996), *uno de los más hermosos textos estrictamente memoriales de Umbral. La sombra materna planea insistentemente durante todo el ciclo sobre el protagonista que, desposeído de ella, busca otras figuras sustitutivas, como las tías Clara y Algadefina, las otras madres. Importa señalar la congruencia de todas estas relaciones. Francesillo, Paquito o Jonás se mueven en un mundo dominado por mujeres: madres purísimas, amantes desatadas o matronas invictas y furiosas como las abuelas o bisabuelas.*

El hijo de Greta Garbo marca un punto máximo de concentración de todos los elementos del universo «provinciano» de Umbral. Elegía de la belleza arrasada, canto por la madre muerta, encierra también una visión cáustica y crítica de la España vencedora de la contienda civil. La fábula proustiana se hace deliberadamente mucho más provincial; pero a cambio se enriquece con una notable dimensión histórica y política. Y así, la exaltación de la belleza y la maternidad, resulta ser también la crónica de un tiempo miserable y despiadado. Sin una sola nota de neorrealismo, Umbral ha escrito una de las mejores novelas sobre los vencidos y el cruel imperio de los vencedores, y mucho más eficaz estéticamente que tantos libros que se agotaron en la mera denuncia.

Es legítimo ver en El hijo *la cifra del universo tierno y duro, materno y huérfano, de todo el ciclo novelesco umbraliano de la infancia y la provincia, donde un aprendiz de escritor, pero también niño, pero también adolescente, lucha con la realidad hasta vencerla al cabo en la memoria de la palabra creadora.*

MIGUEL GARCÍA-POSADA

Febrero de 1998.

LIBRO PRIMERO

LIBRO PRIMERO

Para que no te quedes huérfana de hijo.

        LUIS ROSALES

Mamá entre los zarzales, entre moras, los reinos de Felipe, el hombre de la finca, monarca con blusón de los domingos, mamá entre aquel frondor de espacio en oro, cogiendo moras, recolectando moras, ilustrada de perros que ladraban como el verano ladra de alegría, mamá con blusa blanca, con vestido blanco, como siempre —cómo vestía de blanco—, manchándose de moras, te reñirá la abuela, creo que le dije, hija mía en un momento, o mi hermana mayor, pero alocada, dependiente (quería yo, quizá) de la sensatez viril, mamá entre los morales, las moreras, grandes hojas con extensión de pubis verde, y la mancha de moras en su blusa, sangre en su seno derecho, afrenta inexplicable de la tarde, tragedia del color sobre lo blanco, tragedia de otra cosa, de otras cosas, quién sabe, yo no sé, tragedias interiores traducidas de pronto a colores intensos de la hora.

Cómo vestía de blanco, ya lo he dicho. Vestidos blancos de los años treinta, moda, quizá, que venía retrasada de los veinte, del principio de siglo, yo no sé, vaga marinería del blanco y el azul, pero sus trajes blancos, un piqué de fijeza, sus chaquetas, sus blusas, repetida blancura subrayada que se doblaba en blanco sobre blanco. Otras vestían de blanco. Ella vestía *lo blanco*.

Hago hoy la diferencia, la abstracción, hago hoy el poema en prosa de la madre, pero mi ver de entonces, mi mirar, era una inquietud vaga, una primera mancha de impureza sobre el blanco esencial que fundamentaba mi vida, y lo comprendí entonces, de repente. Por qué me inquietó tanto aquella mancha, el mínimo suceso excursionista, toda la tediosa paremiología al respecto, la mancha de la mora con otra mora se quita, sabiduría/ignorancia popular que odio, por qué me inquietó tanto aquella mancha, te va a reñir la abuela, o el abuelo, te has manchado de moras, ya verás.

Se me aparecía en alto, entre las ramas, las hojas y las moras, a contraluz de un sol todavía grande, yo en el camino bajo, amarillo en la sombra de mi blusa amarilla con botones de cristal y tirantes de terciopelo, yo en el cauce de sombra, en el largor húmedo del camino, y ella sonriendo (no sonreía demasiado) y en la boca tenía el rojo de las moras, la mancha oscura, el maquillaje (no se maquillaba demasiado) como un poco selvático de las moras.

Empecatada de moras, aquella tarde, mientras ardían los perros en torno a ella, como llamas de sol o infierno alegre, y yo por el camino, con miedo a las espinas, a las lagartijas, y con miedo a las moras (cómo afrontar una mancha de moras en mi blusa amarilla, el pecado común, original, de madre e hijo). Y yo por el camino, deseando que bajase, que viniera, que dejase el peligro de las moras, con miedo inexplicable, con malestar, con frío (con frío, sí, en el calor de julio), hasta que vino a mí, oliendo a blanco, y tanto como su cercanía y su contacto, tanto o más, me consoló el olor de la blancura, el olor no perdido, el olor que triunfaba de las moras, de la sangre salvaje que tenía yo entrevista —aseos de la casa— en los paños higiénicos y así.

Madre de moras, madre de las moras, corrimos el camino hasta el Canal, y anduvimos después el entretodos, reunida la excursión, más bajo el sol, y Felipe, el huertano, cerca y lejos, hablándonos muy bajo cuando lejos, ya ven cómo está todo, es un mal año, y miren la sequía, que sólo hay renacuajos en los charcos, año de renacuajos no es buen año, hablándonos muy alto cuando cerca, qué guapa la señora, y qué pena de blusa, eso se lava, que la mancha de mora (me lo temía) con otra mora se quita, callaros, perros, coño, con perdón, señoritas, con perdón, estos malditos perros que no callan, que sólo hay renacuajos en los charcos, y renacuajos, sí, cómo los veo, en el fondo con agua de las copas de piedra, en las enormes copas que la lluvia rebosa y el sol bebe.

Agua poniente con sus renacuajos, y yo asomado a verlo, aupado, medroso, tudescos moscos de los sorbos finos, aún no lo había escrito el barroco/manierista, en su XVII, porque aún yo no lo había leído, y me faltaban siglos por leerlo. Agua poniente como un vino astronómico, agua verde y profunda del Canal, con su curva ingeniera, tan esbelta, agua más misteriosa que el mar mismo por ser agua del hombre, reconducida, cerebral, eléctrica, sin gradación de río, sólo disimulada su larga ingeniería por unos juncos verdes, o ya secos, que crecían a los lados, que se fingían fluviales, y mi miedo a aquel agua verde y negra, silenciosa, domesticada y fría, agua que trabajaba, no agua libre, me apreté contra el cuerpo de mi madre, me olvidé de las moras, un momento, no miré aquella boca, tan arriba, por no ver el carmín de las moras, pero los ojos pardos de mi madre, iluminados de agua y excursión, recogieron el cielo para mí, la noche que venía, y en su mano de monja aristocrática besé el pecado morado de las moras, aceptándolo, supongo, perdonándolo.

La prima Samaritana, grande, corvina, hermosa y lenta, con algo tedioso en su belleza excesiva, estaba a mi otro lado, miraba el agua, el cielo, se aburría, quería hablar con mi madre, por encima de mí, y tenían su diálogo (al que le faltaba la confidencia de las pamelas: eran unas atrevidas que salían ya sin pamela al campo), sus secretos de mujeres, secretos negros, enredados, mera conversación, chisme, no sé, puro ir y venir de las palabras, aunque entre las palabras hubiese hombres, ya sabes, yo a don Juan, decía la prima Samaritana, le quiero como un padre, pero no sólo como un padre, don Juan se porta, te juro que se porta, los detalles que tiene, esos detalles no los tienen ya los hombres de hoy, qué quieres que te diga, estos niños de ahora, estos imbéciles, yo a don Juan no le cambio por todos estos niños del Ford T, el pantalón de cuadros y las cupletistas, son como colegiales con las cupletistas, qué manía, no hay nada como un hombre hecho y derecho, qué quieres que te diga, hoy estará con su mujer en casa, a ver, escuchando la radio, no le deja salir, sólo un poco al café, a última hora, que bajan y ni se hablan, él leyendo periódicos, y ella hablando con otras cotorronas, lo de siempre, pero este hombre se porta, don Juan es diferente, tú no sabes. Y yo miraba a mamá, en relámpago, y veía el tedio de su rostro (o yo lo imaginaba), su repugnancia contra la sucia cháchara, lo que no le importaba todo aquello, su silencio, y ya los ojos pardos, gata inmensa, con la última luz del cielo en migración, mas íbamos despacio, hacia la noche, y sólo un brillo momentáneo de la luz me devolvía las aguas del Canal y del crepúsculo en su mirada seria, triste, ¿enferma?

La prima Samaritana iba estampada, todo el traje de flores y de pájaros, muy ceñido a su cuerpo de extensa alfarería, el pelo en dos mitades, gran nariz, belleza de morena un poco cansina, palabra entre el carmín, el monólogo muy rozado de todo aquello que se daba en los labios.

Y por la prima Samaritana, de la edad de mi madre, más o menos, tenía yo el contraste, tenía a mamá más pura, vestida sólo de blanco, caoba el pelo, porque nada me daba mejor su ser entero (nos pasa siempre con alguien que queremos) que el contraste con otros, con otras, aquellos pájaros dominicales en el crespón alegre (y tan ajado) de la prima Samaritana, aquellas flores excesivas que coincidían a veces, obscenamente, innecesariamente, con las formas florales de la prima. Mamá nunca cantaba, reía poco, ya lo he dicho, la familia detrás, enredada en sus propias sombras, ya de luna, y Felipe, sombra inflada del blusón, perdiéndose en el pasado de la finca y la familia, o en el futuro del domingo próximo, los perros, en el atardecer, cansados de nosotros, como niños, perdida la alegría de habernos visto, ladrando ya a otros perros, devueltos a su mundo de monte y cacería, y ese olor tan doliente, cuando queman rastrojos por el cielo, el olor del verano, es el día que arde triste por una punta, y ellas, con finos pies, con tacones delgados, con punteras de baile, caminando la arena del sendero, aún no se salía al campo de otra forma, se iba a la finca como a bailar el vals en el Ritz, mi tristeza de un domingo terminado, la madre a su trabajo, el lunes, raptada por la maquinaria atroz de una semana laboral, y me rozaba a ella, me dormía de mentira, el monólogo largo, confidente, de la prima Samaritana, nos permitía a mamá y a mí, en silencio, caminar solos, aunque fuéramos tres.

Pero estaba la duda, estaba en mí la duda: la mancha de moras. ¿Participaba mamá, y de qué manera, en aquellas enredadas y tediosas historias de la prima Samaritana?, ¿eran ambas de la misma raza de mujeres que yo odiaba (esas que siempre andan comerciando verbalmente con el hombre, entrebordándole en sus entredoses más mezquinos), aunque mamá fuese de blanco, fuese lo blanco, y la prima Samaritana se volviera del revés en aquella floresta estampada que era como su interior lujuriante, como su anatomía de pétalos y vísceras?

Me esforzaba yo desde entonces, y quizá desde antes, por saber hasta dónde penetraba la mancha de moras, hasta dónde echaba su luz oscura de ojos negros la prima Samaritana, sobre los ojos pardos de mi madre, siempre con cielo o agua en ellos, siempre con algo corriente y fluyente en su pupila. No se sabe dónde termina una mujer y empieza otra. La amistad entre hombres, o el parentesco, es como una cosa más definida, más clara, reglamentada, esquinada, pero la amistad entre mujeres, doblada de parentesco, por añadidura, es una fluencia recíproca y oscura, un todo amalgamado y moviente donde florecen las confidencias como vegetación dudosa.

No odiaba yo a la prima Samaritana, sin embargo, sino que sentía o presentía en ella un acercamiento a mí, a través de mamá, pero ella, la prima Samaritana, con su perfil de pájaro lujoso y alto, traía a la intimidad de dos una exterioridad de chisme y mundo que se abría y me abría a espacios improbables de la vida de mamá, de la vida en general, espacios que por entonces ni siquiera me asustaban, sino que los rechazaba fácilmente, los ignoraba sin esfuerzo.

Por eso le pregunté a mi madre, en el largo y lento camino de regreso, con la luna de los perros ladrando por el cielo:

—¿Y la mancha de moras? ¿Te la vas a quitar cuando lleguemos?

—Le daremos el vestido a Inocencia, a ver qué puede hacer.

A la prima Samaritana le hizo gracia la pregunta, quizá porque se había enredado ya excesivamente en su propia historia y la historia de don Juan y de pronto se sentía liberada, sin haber sabido antes que se estaba ahogando sola. Mamá desvió la pregunta hacia Inocencia, hacia el servicio (lo comprendí entonces, lo comprendo ahora, o comprendo que lo comprendí), quizá porque sabía que la mancha de moras era ya para mí una mancha metafísica.

He pensado siempre que la adolescencia, la infancia, la juventud, exigen absolutos, se nutren de absoluto; lo he sabido, por supuesto, antes de leerlo escrito en alguien, y uno quiere la blancura total del vestido de la madre, uno quiere *lo blanco*, y uno otorga profundidad de llaga a la mancha de moras, que está ya en los penetrales de la madre, como un estigma. De poco serviría mi pregunta, así y todo, porque volvieron a la charla y entraban en detalles como el campo entraba en la ciudad, fingiéndose aquí huerto con bombilla nocturna, allá solar de trigos salvajes para campamento de gitanos o círculo de circos trashumantes.

Ni el tranvía de la época ni el tílburi de la abuela. Largo regreso a pie, destejiendo la tarde y el camino tejidos cuando el sol era verde y el domingo infinito.

La prima Fátima, rezagada y coja, solitaria, era quien, en realidad, marcaba el ritmo del grupo, la lentitud, el cansancio, porque todos nos adaptábamos inconscientemente a su paso desigual y tardo, o, más bien, los mayores se retardaban para facilitarle el paseo a la coja y los niños nos mecíamos en la marcha lentísima de los mayores.

Caminar despacio, en cualquier caso, fatiga más que caminar de prisa, con un ritmo fijo. La prima Fátima, coja y desamorada, poco vista, cogía flores sin gracia, pero me divirtió descubrir que ella era el motor de aquel paseo, que el grupo cojeaba secretamente, familiarmente, sólo por ella, y me puse yo también a cojear, pero de modo ostensible, ensayando el repertorio de cojos que había visto por las calles, el cojo de muleta, que la lleva como un arma, el cojo vergonzante, que se sube y se baja de la acera, por disimular, el elegante cojo que se deja vencer de ese dulce lado, como una concesión que hace al Oriente o al Occidente.

—Niño, no cojees.

—Niño, no te burles.

Pero a la única que no se me había ocurrido imitar era a la prima Fátima.

Salidos de la oscura carretera, la grandiosidad del río, el rumor remoto de una presa, la anchura del puente con adoquines y farolas, aquella barca diminuta en mitad de la corriente, con una bombilla de cocina, barca donde unos gitanos cenaban/veraneaban (lo sabía de otros domingos), todo esto me espabilaba el sueño y el cansancio, o me metía en sueño mayor, en la fábula nocturna de las aguas.

Otros domingos me quedaba en casa, con la fiebre de las amígdalas y la garganta florecida de medicinas, viendo en el techo las sombras de la tarde, y mi madre remota y tan cercana, en la habitación azul, yo no sé dónde, leyendo o escribiendo sobre la consola, aquella consola que tenía madera y alabeado de piano, que era como un piano hembra para la música de la prosa, el piano que tocaba mi madre, que no tocaba el piano.

Venía de vez en cuando, de tarde en tarde, entre carta y carta de las muchas que escribía (letra redonda, vertical o tendida, letra clara, abierta, segura/insegura, admirable letra que siempre y nunca pude hacer), venía, sombra blanca, a tomarme la fiebre, darme leche, o bien la medicina, a dejar en la sombra el copo de blancura del vestido, porque estaba en casa, siempre, vestida como para salir, muy puesta de tacones y peinada, con vocación de calle que me inquietaba sin saber por qué (ni siquiera sabía que me inquietaba: lo sé ahora).

Era la que podía irse en cualquier momento, salir para un asunto, la política, marcharse al Salón Rojo del Casino a discutir con los hombres de la guerra, o a hacerse fotos con el primo Judas, que era aviador y sacaba muchas fotos. Tenía esa condición escapadiza, mi madre, como las dos alas de su nombre breve, que no diré, nombre casi de ave, a punto de volar, aunque lo cierto es que no le gustaba eso que se ponen en casa las mujeres, o demasiado usual («la mujer, en el fondo, es un ser usual», Laforgue) o demasiado suntual, solemne, ritual y como de tentación continua a los maridos.

Por asco del domesticismo, estaba siempre en casa vestida de calle, con la pamela a mano, el pelo en onda, la boca ya pintada en Greta Garbo, el vestido blanco, o el traje sastre, blanco, o lo que fuese, y los zapatos blancos, como palomas de puntera nupcial.

Eran domingos con anginas, con una angina de madre por el pecho. Ahogantes domingos excesivos. Pero ahora, tatuados de excursión, lentos de coja, yo me retrasaba un poco, en mi cojear de niño que se aburre, para ver a mi madre, por advertir el aire de su vuelo, aquel pelo *garçon*, ya un poco crecido (así me gustaba más), la chaqueta blanca, corta, entallada, de tenue vuelo (con blusa blanca debajo), y la falda blanca, ceñida en las caderas, larga hasta media pierna, el tenue acampanado, la gracia del andar, aquellas piernas largas, ni gruesas ni delgadas, y los altos tacones, las palomas unánimes, por detrás no se veía la mancha de moras en el pecho, era mejor.

Se volvían los hombres a mirarla, se volvía a mirarla la ciudad. Las medias eran plata, medias de plata fina, y luego se volvía y me llamaba, que no cojees ya más, niño, este niño se cansa, ven aquí, y yo añoraba mucho los domingos de cama y medicinas, como, en aquellos domingos con la fiebre, había añorado las salidas al campo, hasta ver en las sombras, por el techo, los perros de Felipe, sólo de luz, ladrándome, llamándome, esperándome. Entraba en la ciudad, entraba en la semana y en el sueño, y aún quise preguntar, medio dormido, ya en la cama:

—¿Y la mancha de moras, te han quitado la mancha? No me gusta.

Castilla en las vidrieras, heraldos y caballos, los colores de España, las trompetas, un escudo en llamas, el sol de la mañana haciendo realidad toda esa Historia, Castilla en los vitrales, cielos de cristalero, nubes de oro, Santa Gadea, el Cid, doña Jimena, y los Reyes Católicos (el lejano Palacio de Vivero, donde se casaron), escalinatas largas, anchas escalinatas de hondo mármol, blanco mármol pisado por burócratas, el rastro gris y lento de las oficinas como una gran tristeza en los extremos, y en el centro la alfombra, grana y tensa, con varillas doradas en cada peldaño. Castilla en las vidrieras, farolones de un XVIII falsario, mal imitado en el remate de la escalinata, en columnas de mármol, todo excesivo y luminoso, entristecido.

Entristecido por la ceniza parda de los años, la colilla de todos los ujieres, escupideras de oro como coronas caídas, arrinconadas por aquella República, no sé, y el momento solemne, musical, en que la escalinata se abría en dos, en un rellano amplio y tan vacío, y, como una música, como un concierto (mamá me llevaría a los conciertos, poco tiempo más tarde), el tema de la escalera eran dos temas, dos escaleras ahora más estrechas, pero hermosas, que subían paralelas hacia un cielo de puertas giratorias.

La arquitectura, como la música, como la poesía, descubrió hace muchos años que todo se bifurca, como en las especies, que el destino de un tema es desdoblarse, que la dialéctica es la manera natural, musical y armónica de continuar el mundo enriqueciéndolo (y de cosas así, yo no lo sabía, hablaba mi madre en su despacho, más arriba, sólo que aplicadas al hombre, a la política, a la sociedad).

En aquella escalera de mármol, yendo a ver a mamá, de la mano de alguien o ya solo, comprendí una mañana, en el rellano, que las cosas son dos, que somos dúplices, que las vidrieras mienten, que sólo los reyes, rey y reina, eran una vidriera ya legible, movimiento dialéctico que completaba al uno con el otro, porque se oponían y se suponían (sobre todo porque se suponían).

Uno supone al otro. La escalera, la música, el poema, para desarrollarse se divide, como los sexos y como los peces, y de esto resulta, no sólo una mejora arquitectónica, sino que una armonía, una sorpresa (la sorpresa lo era todo para mí, lector niño de músicas, precoz púber en busca de mamá). Si no hay sorpresa, invención, ruptura, no hay armonía ni arte ni poema, porque lo más armónico es romper, porque la sinfonía interrumpida es la que se abre a lo abierto, pienso ahora. Lo que no sabía entonces, y ahora sé, es que mi madre, en su despacho claro, estaba haciendo ya aquella política, porque yo no conocía la palabra, «una mujer política», mi madre, y me sonaba raro, misterioso, casi feo, yo no sé qué era aquello, por qué hablaba mi madre por teléfono, con Madrid, a todas horas, por qué había máquinas de escribir en las que no se podía jugar (me fascinaban como juguetes negros), aquella alta Underwood, como un ferrocarril en el Oeste, como una ametralladora o un Ford T, sólo que de otro juego, otra eficacia, con sus letras aupadas como cisnes, como los cisnes del parque, cuando íbamos, todos también con una letra en el pico, la letra me miraba, en la Underwood, las letras de la máquina, teclado de mi vida, si una se despegaba (círculo de cartón pegado al hierro), yo me ponía muy triste, veía la mentira de las cosas, las letras no eran bichos, animales amigos, las letras que tan pronto me supe, por la madre y la abuela, eran redondelitos de cartón.

Pero estaba la máquina Underwood, con su metal, su brillo, su negrura, como el arma misteriosa de la política. Allí se podían escribir cosas (en un papel duro, crujiente, como de envolver) que persuadían a mucha gente, cambiaban su conducta o sus negocios.

Luego la política era escribir a máquina.

No sé, lo dudé mucho, no entendí por qué tenía yo una madre que mandaba a los hombres (obedecía a otros), y que hacía política, o sea, que era importante, eso sí, pero odié la política que me la quitaba, aunque luego, pasadas las escaleras, las vidrieras, venido del reino del mármol al reino a media voz de las alfombras, la política era cálida, olía a mamá, ramo de su olor en el antedespacho, aquello que decían la República olía a lilas frescas y a mi madre, ¿era eso la política?

Pero me daba miedo la política, me daba miedo a veces, y yo lo sabría luego, siglos más tarde, que la política mataría a mi madre, la marcaría a mamá en mitad del pecho con la mancha de moras de la guerra.

Pasados los ujieres, su reino de humo y sombra, el despacho matinal de mi madre, y ella al fondo, tan vestida de blanco, una desconocida sonriente que sólo al acercarse iba ascendiendo a madre, siendo ella.

Estaba entre teléfonos y máquinas, hacía taquigrafía (luego me la enseñó, más que como algo práctico, como tejiendo un dialecto entre los dos, escritura secreta, cosa de ambos). La luz de la mañana era tan alta que coronaba de oro los tapices, luego, aquel claro techo de madera histórica, y la máquina de ella, su máquina, o aquel jefe político, hombre viejo y como feliz, que me daba bombones y me llamaba mucho por mi nombre.

La política es esto, me dije una vez más, hacer taquigrafía, escribir a máquina, hablar mucho con Madrid, qué dirán en Madrid, que está tan lejos, y me senté a una máquina, sólo con mamá al lado, y quise dominar todas las letras, tocar en el teclado todo el idioma entero, que ya presentía mío, pero me pillaba los dedos entre los hierros, me pellizcaba un poco, como si el bello bicho, el frío animal, aquella cosa pulcra y encrespada, puerco espín erizado de alfabetos, rechazase mi mano como el gato. El gato, allá en la casa, sabía jugar conmigo y conversar, pero esta cosa extraña, la Underwood, tenía una letra en cada uña, y me dolió su rechazo porque esperaba comprensión de aquello, me dolió, lo comprendo, en mi seguridad futura de que aquel artefacto del idioma era la pistola inocente de mi vida.

¿Por qué, si yo lo sabía, la Underwood no?

La taquigrafía, sí, que mamá me enseñó pacientemente, durante algunos años, haciéndome poner *La Divina Comedia* en aquel lenguaje de palos y de curvas, jeroglífico pobre de las esfinges sin secreto que son las taquimecas, la taquigrafía, aquel dialecto, aquella lengua abreviada y sosa (tiene su pronunciación, incluso), era —entonces lo sentía, ahora lo sé— la manera de hablar un idioma misterioso entre nosotros, el dialecto madre/hijo, que se da siempre, que se reduce a esquematismos domésticos y tiernos, pero que ella, quizá por pudor intelectual, revestía de lenguaje técnico, de una posible utilidad futura que para mí pudiera tener aquella cosa.

Íbamos a los parques, en verano, y yo era el niño quieto que leía o, sentado con ella, iba escribiendo la taquigrafía, dibujando despacio el jeroglífico de nuestro amor, que ella hacía muy de prisa, y así quedaron hojas y más hojas, blocs enteros, con su taquigrafía o con la mía, fragmentos literarios, retazos de sus discursos (como muestra de perfección taquígrafa que yo debía imitar, aunque lo escrito no tuviera sentido para mí). Fueron, sí, nuestras cartas de amor, el lenguaje cifrado, al margen de la familia, en el que hablamos de tantas cosas, *La Divina Comedia*, que yo tampoco entendía ni me gustaba, era el latín vulgar, el naciente italiano, la prosa callejera de Florencia, el verso, una textura de tipografía y tiempo, con sus notas menudas a pie de página, ese clima tupido de la literatura que iba a ser mi clima, el aire respirado de mi vida, y ella lo sabía o lo intuía.

Así me hizo escritor, sin que yo me diese cuenta, me llevó a recorrer, en aquel parque infantil de la ciudad, los círculos literarios del *Infierno* de Dante, los círculos con boj de los paseos del parque, con la taquigrafía, lengua muerta, como código adusto que de alguna manera, con sus palotes, corregía la ternura de nuestra comunicación de madre/hijo.

Dante, Platón, Cervantes, el Licenciado Vidriera, en letras grandes que era alegre leer, la necesidad todavía infantil de descifrar aquello, porque ella lo había descifrado y, por lo tanto, del otro lado estaba ella, mi madre, había que hacer el esfuerzo, andar mucho las maniguas de la prosa, por volver a encontrarla, tan lectora, con los ojos tan pardos y tan limpios, como si nada hubiera leído nunca, perdidos y encontrados en la huerta de Platón como en la huerta de Felipe, los domingos, también la literatura deja heridas, llagas rojas en el pecho, sangre o tuberculosis, dulces moras, también la literatura es una llaga por donde se va ahondando y corrompiendo nuestra vida.

Pero esa llaga es uno, el penetral que no tienen los hombres de sordera y espesor, y amé esa llaga en ella, queriendo besar dentro, aquel sabor a moras y tardanza, mas ella era una mujer política y en ese mundo suyo no podía entrar yo, como en los otros, aunque quería recorrer todos sus mundos, y por eso estaba allí, frente a la máquina, la elevada Underwood, bota de Gutenberg.

El mundo telefónico de la política y el mundo susurrado de la prima Samaritana eran lo inaccesible entre los mundos, tan revisitados, de mamá.

Los vitrales de música de luz, la mañana encendiendo la epopeya, el despacho de mi madre, con tarima de sol y máquinas negras, y unas lilas, no sé, un ramo malva de algo, o burdeos, parra virgen cerca de su cabeza, pero también la penumbra de los ujieres, el entrar y salir de los obreros, gentes del descontento que creían en ella, confiaban, o la lluvia pertinaz del funcionariado, los que entraban a mandarla o a obedecerla, gente de gafas y corbata mustia, las órdenes que daba mi madre sonriente, cuando la boca de Greta Garbo se abría en la amplitud luminosa de sus dientes, con aquella mellita entre los dos centrales, dulce separación, allí estaba la niña, la niña que ella fue, el niño que era yo, niña que había jugado por los campos góticos, al norte de los mapas, entre el frío, con la cinta del lazo ya deshecha.

Por algún sitio se salva la niña en la mujer, no quiere hacerse soluble totalmente, y hasta en mi madre, tan nada niña, había quedado sin madurar aquello, sin cerrar la mellita de los dientes, que daba ingenuidad a su sonrisa, que daba realidad, cotidianidad, verdad, a la sonrisa de Greta Garbo.

Por cosas así vive una madre.

Por cosas en las que nadie repara, por inmadureces que son la presencia infantil en el adulto. Esa imperfección, si es que era imperfección, me la hace ahora real, actual, porque el tiempo, la distancia, la vida, estilizan a un ser en la memoria, nos quitan realidad y nos dan mito.

No. Ella tenía una mella, los dientes centrales ligerísimamente separados, allí donde la encía infantil se quedó corta, o la infantil calcificación, ya qué más da, y eso no quiero olvidarlo, no debo olvidarlo, porque ese huequecito es una coma en el texto completo que era ella, texto que ahora leo, mientras lo escribo.

No se pintaba las uñas para escribir a máquina. Las conservaba largas, claras, limpias, ojivales uñas de ágil mecanógrafa (otras veces dictaba a un hombre o a una mujer), y mientras movía papeles, hacía cosas, yo reveía el cuidado de las uñas, la calma con que, en casa, se iba limando en ojiva cada uña, se recortaba la cutícula, dejando al descubierto media luna de mujer lunarmente desnuda.

—Y no te vayas lejos, que ahora te toca a ti.

Salía yo de la ensoñación ante el aviso: verla hacerse las uñas, trabajar en sí misma, y de pronto aquel susto alegre, porque me hacía las uñas lentamente, sabiamente, demoradamente, tardando demasiado, como tenía que ser, y transformaba mis garras —uñas rotas y sucias— en las manos liliales de un principito, me redimía de la calle y las peleas, del colegio y las criadas, me otorgaba manos, pues yo no tenía manos, era niño sin manos por la calle, o vivía a mordiscos, contra los perros, la abuela o las manzanas.

Si, por el contrario, hacía primero mis manos, y luego ya las suyas, era como el pintor que hace un boceto, para ponerse luego con el cuadro. Porque mis manos pequeñas, que me dejaba con las uñas cortas, sólo presagiaban, en la manicura, aquella obra mayor, la decantación gótica de sus manos de monja esbelta y laica.

No manos de mujer/hombre, esas manos huesudas, esquinadas, dibujadas con nudos por pintores nudosos, que luego me han gustado en alguna mujer, sino las manos blancas, muelles y seguras de una mujer que hacía cosas con las manos, como escribir a máquina y a mano.

A mí me gustaba más que escribiese a mano, ya he hablado de la consola, que era como el piano de su escritura, pues a máquina hacía política y a mano escribía cartas a la familia, a las amigas, a los amigos, al padre preso en la cárcel, o me escribía a mí, cuando iba de viaje, y era enceguecedor recibir aquella carta, aquel sobre de papel pastoso, de pliego pastoso, con algo bordado en relieve, y la letra tan clara, tan abierta, y las palabras puras que allí había.

Madre escribiendo a máquina, madre escribiendo a mano. Eran dos madres. La de escribir a mano la madre manuscrita, era una deslizante mujer sobre un piano, era una lenta luz por un espejo, era una escultura blanca resuelta en escritura. Y ésta era la madre que yo veía, que yo quería ver, quieto, de pie, junto a mi asiento de terciopelo, en su despacho, por borrar a la madre de la máquina.

Era todo lo contrario de sus hermanas cosiendo a máquina, todo lo contrario de las tías haciéndose vestidos en la Singer. Escribía erguidamente, doblando sólo el cuello, la cabeza, y no le vi jamás el ademán humilde de la costurera, jamás cosió ella a máquina (ni creo que a mano), y me hubiera dolido tenebrosamente verla en la posición de otras mujeres (que en ellas no me importaba), verla cosiendo a máquina, humillada.

Los vitrales de música de luz, la mañana encendiendo la epopeya. Me cogía de la mano, hacia las dos, y bajábamos juntos la escalera. Como dijera el escritor que ella me dio a leer mucho más tarde: qué escalera de mármol con alabarderos subía. Subía o bajaba. Paseábamos la ciudad, camino de casa, entre el sol y la sombra, y ella no era la que se para en tiendas, y las perfumerías y los ultramarinos daban a nuestro paseo un último homenaje de calientes olores cotidianos.

Pero mamá venía del cine mudo, aquellas películas inciertas que yo había visto, una luz silenciosa y tartamuda, incertidumbre de los ojos, miles de obreras con mandilones humillantes (salvo la concesión graciosa del cuellecito redondo con puntilla marchita), en pie delante del patrón, o unánimes como cisnes escarnecidos, en la fábrica, en la máquina, en el taller, en la guerra.

Fritz Lang, *Metrópolis*, el nacimiento de una nación de mujeres abnegadas, desclasadas, desgraciadas, desarraigadas, que se filmaba, no como denuncia de nada, sino como extensión sobrecogedora, mural del siglo, adunación de la mujer en las causas brutales del hombre: negocio y guerra. Hospicianas en sus fábricas, proletarias entre el lujo de la nieve, sentimentales cuando Charlot tocaba su violín de fieltro triste, que luego se ponía de sombrero, sensibles y sensitivas cuando un niño de visera a cuadros, dickensiano y saltarín, las llamaba madre, madre.

Madre, madre. Mi madre acudió a las oficinas de la AEG y a otras oficinas, pasó por pruebas, humilló la cabeza, erguido el cuerpo, dobló su fina y firme nuca femenina, desnuda de melena, ante los hombres que estaban haciendo el siglo XX con un puro malo en la boca.

La AEG, siendo una sigla alemana o americana, una fría sigla internacional, me enternecía cuando la leía yo por alguna calle, como el anagrama íntimo de las sábanas de mi madre, porque ella había estado en todo eso, había luchado dentro de eso, había vivido de eso, independiente, y ahora lo combatía —¿lo combatía?— en su despacho de luz y parra virgen. Madre, madre.

De entre las mil mujeres anónimas del cine, de entre la filmación del sol a la salida de la fábrica, una había destacado, mi madre o Greta Garbo (qué imposible, para el niño, hacer diferencias), había sido, como en las películas, la que da un paso al frente y le dice dulces y crueles verdades al empresario de camisa abullonada con manguitos de matarife.

Mi madre me venía del celuloide, cine de los domingos, o bien porque ella me había llevado mucho, de pequeño, El Danubio azul, Danubio azul, pon, pon, de plata y zafir, pon/pon, pon/pon, o Shirley Temple entre abisinios y orangutanes, o bien porque yo la había visto, repartida en mil madres cosiendo en los inmensos talleres de luz falsa, trabajando en las fábricas como en la bodega de un inmenso navío que entre todas —tan débiles— movieran a pedal por las procelas del nuevo siglo. Mi madre venía del celuloide, era el resumen de miles, millones de mujeres cogidas en la trampa del industrialismo, vírgenes devoradas por el dragón, con dientes de excavadora, de la revolución industrial.

Aparte los gerentes con dentadura de oro, que comían niños azules y cadáveres de media mañana, sólo había en el mundo un hombre, Chaplin, o miles de hombrecitos como él, perdidos por las calles, con los bolsillos vueltos del revés, tocando el piano de los bancos públicos, en el parque, o sacando la espada del bastoncillo de junco contra un perro, un guardia (ya ausente) o un millonario gordo y remoto en su Ford T.

Mamá, sí, venía del cine mudo, y la abuela me había contado la historia y ella misma el itinerario de las fábricas y las oficinas, la humillación de los despachos, el coro de catedral del dinero que es la nave de la fábrica con las máquinas cantando cuplés.

El coro del oro. El oro del coro. Todo esto era anterior a mí, otro mundo materno a conquistar, y lo hice filme a filme, de su mano o de la mano de la Ubalda, la criada, o de la mano de las tías, y sobre todo estaba la película no visual que me contaban por las noches, que se contaba la familia a sí misma, cómo mi madre, vestida de blanco, con la onda impecable, había cruzado factorías y oficinas de reaseguros, trabajando en lo que fuese, y la mancha de su traje, sobre el pecho, entonces —lo pensé una noche, lo pensé, qué angustia, solo en la cama—, no había sido de moras, sino de grasa sucia, aceite negro, la mancha del trabajo, el insulto del dinero.

Amé, después de tanto llorar, aquella mancha de moras, ya perdida, y deseé que ella se manchase otra vez, porque aquella mancha roja, dominical, maternal, había borrado la mancha de la obrera humillada, había borrado el anagrama cruel de la AEG.

Anagrama de sangre, la mancha de moras, sello de la vida, beso del domingo, sangre de la mujer. El mundo insulta doblemente a una madre, a una amada, a una amante, con la señal del sexo y la señal del trabajo.

Iba comprendiendo yo que mi madre era una estigmatizada. Todas las mujeres son unas estigmatizadas, según el mundo que se nos ha dado, y yo quería salvar a mamá de todos sus estigmas: el de la sangre, el del trabajo, el de la política, el del sexo, el del pecado. Sus estigmas me la iban dibujando como una línea de puntos, como esos gráficos del cuerpo humano que veía yo en el colegio, con las vísceras señaladas por una cruz y un número. Gracias a sus estigmas, tenía yo su silueta, y esto, que lo sabía y no lo sabía, era de todos modos insoportable, porque la pasión da conocimiento, contra lo que dicen, y sólo un hijo apasionado sabe algo de su madre. Hasta que, en la noche de la almohada, cuando los trenes soñaban lejos que iban de viaje, sesgando la ciudad dormida por las Delicias, los Pajarillos, Santa Clara, despierto yo, o discurriendo al revés, como se discurre en los sueños (por la mañana no hay más que darle vuelta al tapiz), se me confundían la mancha, el estigma y el anagrama, ya no sabía si la AEG había marcado a mamá en rojo, para siempre (liberada de aquel trabajo antes de nacer yo o siendo aún muy niño), o un estigma de grasa o una sangre venidera (que con el tiempo sería la de sus hemoptisis) o un puñado de moras dominicales, o qué, me la hacían diferente.

Se sabía en la familia que una vez se presentó a unas oposiciones, a unas pruebas para obtener un empleo, a unos ejercicios multitudinarios. Adolescencia aún (qué lejos yo), iba de casquete negro o ala corta, medias de plata de bailar en el Ritz, llevando en el breve bolsero, rebujón platinado, el anuncio, la convocatoria de periódico que le había dado la abuela.

Llegó tarde a la fábrica, a los grandes almacenes u oficinas. Llegó en calesa pública, paró el coche a la puerta, le hizo esperar. En una inmensa nave laboral, con cristaleras rotas en lo alto por la pedrada anónima del suburbio, un trigal de muchachas —mandilones de color hospicio, nucas dobladas sobre el examen, desnudas nucas de peinado masculino—, y todas escribiendo, meditando, forzando un ejercicio duro y frío. Ella entró con sorpresa de porteros, primero, y luego de los hombres que había al fondo, tribunal en tarima, fabricantes, el contable, el gerente, los cerebros de la empresa. Era como la vizcondesa de algo llegando a examinarse entre artesanas.

Pero en casa, una vez más, hacía falta el jornal.

—Señorita, llega un poco tarde... —se acercó el oficial que dirigía y vigilaba los ejercicios.

Ella se había sentado en uno de los últimos bancos, solitarios y libres, que eran los bancos de las perdedoras.

—Deme usted las preguntas. Sobra tiempo.

Y se puso a escribir, desechando el papel como de estraza que se le ofrecía. De su bolso inverosímil sacó cuartillas blancas, y luego aquella pluma, negra con veteado, estilográfica con plumín de oro, que siglos más tarde, muerta ella, vería yo como el mausoleo de su escritura. Pero aquel pupitre de orfelinato no era la consola de casa (piano de su caligrafía).

Era la condesa de Noailles, con diecisiete años, haciendo un ejercicio para obreras.

La película hablada de aquel día, la proeza de la madre, su debut en la vida, está en todas las mentes de la casa. Lo he oído muchas veces. Y pienso ahora que nadie lo vio, que es tradición oral: sólo la abuela, quizá, esperaba en la puerta, o subida en la victoria o lo que fuese el coche de caballo, esperando impaciente la aventura de la hija.

Nuestros recuerdos más vivos e indiscutibles son los que de ninguna manera pertenecen al recuerdo.

—Va usted muy de prisa, señorita...

—Si me deja escribir, iré de prisa.

El oficial/vigilante estaba rotatorio y alucinatorio con aquella mujer como escapada de un sarao de Sppotorno y Topete, venida en tílburi público (no sé, lo dudo ahora, si era el viejo tílburi familiar: falla en esto la memoria colectiva de la casa, quizá la abuela había ido con el tílburi —en tiempos lo condujo como un hombre— a buscar a la hija al Ritz o a otro baile por que llegase a tiempo a aquel examen).

Puedo ver claramente lo que cuento. Una nave muy larga con luz de barrios bajos, claridad de cristales rotos, que brillan en sus melladuras, sobre la brillantina menstrual de las cabezas bajas de las chicas.

Y mi madre allí al fondo, escribiendo despacio, pero avanzando mucho, escritura que imitaría yo toda la vida, inútilmente, erguida ella en el banco oscuro, con los guantes a un lado, color guante, la nutria gris del cuello muy hacia atrás, por liberar del todo la cabeza, como una orla caída de humo lírico, la mano izquierda enredada en el collar, mientras que la derecha, blanca y fija, redactaba casi con insolencia las respuestas al pedregullo de aquel cuestionario.

—Que digo, señorita, con perdón...

—¿Es que quiere que se me pase el tiempo?

Y el pisaverde se alejaba, dandy hortera de aquel mundo industrial, ojeador de muchachas seducibles, protector, seguramente, de obreras desgraciadas, violador en los fondos de la fábrica.

Los hombres del final fumaban y tosían, hablaban entre ellos, iban recibiendo algunos ejercicios, se los pasaban y los comentaban, muy rientes, complacidos sin duda —anís y puro— de las faltas de ortografía. Ella no les miraba, iba escribiendo.

Alguna muchacha abandonaba el ejercicio, salía llorando en silencio por el pasillo central. La cultura —aquella cultura de cemento armado— la había rechazado como el farallón social que dirime la miseria.

Ella llevaba veinticinco minutos escribiendo. El plazo era de tres cuartos de hora, aunque a la extraña opositora se le iba a contar el tiempo de retraso. La impuntualidad, sin duda, ya era una mala nota. Pero se levantó precisamente en el momento en que el vigilante, tan atento a ella, estaba distraído al otro extremo, mirándole las piernas a una opositora denodada. Avanzó ella por el pasillo central, como si la derrotada volviese, en imagen de cuento, ataviada en gris perla, en blanco y negro.

Y con el ejercicio en la mano, blanco y nutrido.

Algunos hombres del tribunal, que ya la habían curioseado a la entrada, se pusieron en pie sin darse cuenta, al acercarse ella al rudo estrado. Uno de pajarita se inclinó para tomarle los papeles.

—No fue usted muy puntual a la llegada.

—Pues me ha sobrado tiempo, ya lo ve.

—¿Viene quizá del Ritz, la opositora?

—No, por Dios. Necesito un trabajo. Pero me voy al Ritz. Avísenme.

Eran de los que no se perdían unas piernas y la vieron salir con su abrigo/capa, una de las primeras, para luego repartirse las cuartillas como citas de amor que le hubiese dado a cada uno.

Dice aún la abuela que ganó la plaza. El tílburi corría por la ciudad y estudiantes al sol, en los cafés, hombres de canotier, vieron una vaga Greta Garbo pasar en el perfil quizá dorado.

Me había llevado, sí, fruto maldito de su vientre bendito, por los pueblos amarillos del Norte, tiernos y pajizos, me había paseado (gran preñez de las delgadas) ante la mirada sabedora y sopesadora de los hombres del campo, que miran un embarazo como una cosecha, pasándose un filo de lengua por los labios que no tienen, calibrando el mozo que vendrá.

Me había llevado por pueblos y ciudades, mujer viajera y política, por el rastro caliente de los años cruciales de Madrid y las calles con frío y huertos dominicos, y era ella y algo más, como toda gestante, ella y una proa de futuro que le abría camino en la vida, partiendo en dobles platas el porvenir del cielo, el aire de las plazas, el tiempo nicotinado de las oficinas. Se había condecorado con el hijo, fardo que proletariza a toda mujer, por alta dama que sea (y mi madre lo era y no quería serlo), y pienso que ya la madre pasea siempre un hijo por la vida, la que una vez fue gestante, expectante, tiene para siempre en los ojos la luz del futuro que venía, del futuro que ella ayudaba a traer, luz que tanto miré siempre en los ojos pardos de mamá, ese rastro que les queda a ellas, como un oro de plata, hasta la vejez o la muerte, esa luminosidad de haber visto los porvenires desde la proa de su vientre alzado.

Siempre que yo me daba un paseo entre el sol y la sombra, siempre que encontraba una postura introvertida y cálida para dormir o leer en el parque, siempre que la tiniebla de la alcoba se iluminaba con calor del día allí pasado y condensado, volvía yo a sentirme viajero en aquel vientre, recordaba con todo el cuerpo (quizá no con el cerebro) la temperatura joven de mi madre.

Paso de procesión, madre profunda, caminar bamboleado, rostro duro de esfuerzo. Yo la llevaba a ella, poco a poco. Y las gentes del barrio, vecinales y sólidas, veían pasar un niño a media altura, rubio del no nacer aún, y una madre pesada o levitante, toda rostro, y el ángel del señor Juan, el portero/recadero, anunció a María, su mujer, que pasaba el milagro y era hora de cerrar la garita e irse a almorzar.

La habitación de la madre, cómo reconstruir, ahora, la habitación de la madre, aquella habitación, cómo era aquella habitación, lo sé, lo sé tan bien que la nitidez de lo presente me borra la realidad de lo distante, la habitación de la madre, la gran cama matrimonial, mutilada de un hombre por la Historia, lecho de sus lecturas, y siempre un libro en la mesilla, libro blanco con ribete azul, signo zodiacal en el centro, título tentador, enigmático para el niño, escritor de nombre umbrío y lontano, cuándo poder leerlo, más el termómetro de las decimillas, cuando ella estaba en cama con la recaída, un termómetro alemán, aplastado, ancho y sólido (empezaba a difundirse por toda Europa el prestigio de lo alemán, la solidez de lo alemán, la presencia casi ominosa, de tan evidente, de las cosas alemanas, luego veríamos en qué acababa aquello, tanto alemanismo), mamá era antigermana, o más bien antigermanófila, no tenía nada contra Alemania, sino contra los beatos españoles de Alemania, mamá estaba en lo francés, todavía lo francés, y más allá lo anglosajón, como una lámina con caballos que asistían circunspectos al té de las cinco, como un ocre de Turner, virado al amarillo, mancha errante y lejana, lo británico, siempre con una nube ensombreciéndolo, la nube de la lluvia, la nube de la guerra, amarillo entornado por los bombardeos, lord Byron rizado de pelo y de camisa, dibujado mil veces por mi madre, que no sabía dibujar, el romántico, el viajero, el seductor, el hombre que moría por la libertad y la cultura clásica, en Grecia, y estaba allí, yacente, armario de mamá, con su uniforme convencional y deslumbrante. ¿Por qué tenía mi madre el uniforme póstumo de Byron en su armario? ¿O sería otro uniforme, de otro hombre, cuándo había gastado uniforme mi padre, oros, platas galoneando el trapo oscuro, el jirón de heroísmo y de franela, enigmático soldado del armario, entre los impermeables de los años veinte/treinta, a cuadros escoceses o en verde lúgubre de mujer espía?

La habitación de la madre, la cama y el armario, un hombre faltaba en la cama, un hombre sobraba en el armario, aquel uniforme byroniano, un ajusticiado por la libertad, colgando de la barra de las perchas, la cabeza de perfil, insostenible, tapada, mal disimulada por un desajustado sombrero como napoleónico, que se quedaba de cualquier manera, de pronto se oía un ruido, dentro del armario cerrado, un golpe leve y sordo, como el salto de un ratón.

—El sombrero, que se ha caído el sombrero.

Y no se decía más. La tía, una criada, siempre un adulto, abrían el armario y colocaban el sombrero en la cabeza al mílite, si es que tenía cabeza, no lo sé, yo nunca me atreví, estando a solas, a abrir aquel armario, saludar al extraño personaje, primero tuve miedo, de pequeño, miedo sencillo, directo, miedo/miedo, el miedo de los niños a los muertos y a las gentes que viven en armarios, luego, ya adolescente, tuve miedo de entenderlo todo, qué podía ser aquello, mejor no averiguarlo, me hastiaban, por entonces, los secretos/secretos de la casa, historias familiares, mejor es no enterarse, me decía, y allí estaba el pariente de oro y sangre, ajusticiado dentro del armario, Byron ya sin cabeza, que mamá dibujaba de memoria (primero lo hizo copiando una lámina).

La cabeza que faltaba en el armario, muñón disimulado con sombrero, estaba allí, reconstruida por ella día a día, pacientemente, en las convalecencias, dibujando en la cama, con lapicero fino de taquígrafa.

Por qué él en el armario, o en Madrid, en la cárcel, por qué Byron descabezado, y la copia mediocre de la lámina, el pelo tan rizoso del romántico, cabeza efeboandrógina con rasgos de energía indubitable, el cuello un poco ancho, carnoso, aunque no corto, y la camisa abierta, como dejando espacio al grueso tallo, la camisa en dos alas de blancura, el rizado del pecho, el rizado del vello, el rizado en almidón de la camisa, y ahí terminaba todo, un suave difumino, era el poeta. Quise ser escritor, vestir así, completar el enigma, reunir al militar con su cabeza, reunir en mí ambas cosas, cuerpo y tronco, dibujo de mi madre, enigma del armario, poeta, poeta, y quizá de ahí venga todo.

El cuarto de la madre, butacas con paisajes en huida, un verde como llamas apagadas, el paisaje escapaba, más que el ciervo, el ciervo estaba quieto en su bordado, sillas de pata baja, borlas en el respaldo, todo aquel modernismo que venía de un versallismo adivinado y triste, butacas de visita, sillones excesivos, butaquitas de estar sólo un momento, haciendo su tertulia entre ellas mismas, cuando no había nadie, y la tarima ancha, nunca la vi tan ancha, la tarima con sol/resol de tarde, de mañana no daba, el oro prefinal que la hacía espejo, la tarima con nudos como enigmas, rostros de la madera bajo el encerado, bosque bajo la cera que la Ubalda, Inocencia, Eladia, las criadas, abrillantaban con un golpe seco de su pie que les iba rompiendo la matriz.

La cama y el armario, el muerto y la tarima, el húsar misterioso de la percha. Y aquel Leonardo encima de la cómoda, encima de la caja de ebanista. Leonardo, ya, y nunca Miguel Ángel, así me educó el gusto, láminas de Leonardo, el dibujo de un rostro de mujer, un rostro de hombre, el dibujo cambiante y sonriente, Leonardo, a línea, consigue lo que aquel pintor no consiguió con todos los colores, pintando catedrales según la hora.

Leonardo era distinto a cada luz, aquel rostro reía, sonreía, aquel rostro leonardesco estaba serio, aquella fina lámina, plumilla, yo no sé, la caligrafía dibujística de Leonardo, aquella cara viva para siempre, renovando el aire de la estancia, un rostro cada día, un móvil, y no esos tristes móviles pesados, industriales, que vinieron después, movimiento mecánico, relojería de los surrealistas, cosas que habían de gustarme, pero que eran ya hijas de la máquina, como mamá y el cine (por eso las amaba, las amo; quizá). Leonardo, siglos antes, supo hacer unos rostros que quedarían por siempre saludando la realidad azul del nuevo día. Lámina de Leonardo, el cuarto de mi madre, entrar allí, mirar, saber que aquella cara, como un reloj o brújula, marcaba una verdad cada mañana.

Estuve horas y horas, en la infancia, madre ausente o dormida, mirando aquel Leonardo, amando la creación, la línea pura, el dibujo que nos explica el mundo con un hilo. Hubiera yo querido dibujar, y lo hice torpemente, no sabe el niño dónde están sus talentos, si los tiene, quisiera hacerlo todo, sólo Leonardo fue el niño centenario que pudo hacerlo todo, total mano.

Debajo de la lámina, el bargueño, el pequeño bargueño, aquella caja de Félix, el ebanista, hombre moreno, joven, de bigote, artista de una caja de madera que llenó de dragones y guerreros, nunca supe por qué, cierto anochecer, mamá encargó la caja a aquel señor, y allí metía sus cartas, y mis fotos, y sus fotos antiguas, y escrituras notariales a la firma, esas que nunca se firman, y tarjetas postales y, más tarde, documentos políticos, secretos, cosas a simple vista que quizá escondían, con su relativa inocencia, la gravedad oculta de otras cosas cuando los registros, porque hubo registros.

Félix, carpintero inspirado, artista de mahón, hizo la caja y la cobró, regatearon el precio, nunca había visto a mi madre regatear, no lo hacía por dinero, era el instinto político de ella, la política es eso, regateo, ya iba sabiendo yo algo de política, no sólo las llamadas a Madrid, o los papeles duros de la Underwood, que salían del rodillo como placas de mármol para siempre.

La política también era regateo, y ella sabía entenderse con un hombre, llevar y traer las cifras, las palabras, y la caja fue nuestra, porque el Leonardo pobre, menestral, el Leonardo de mono y de martillo había hecho sus dragones, sus guerreros, sus alegorías de caoba imbuido de Leonardo, el contraste era duro, escandaloso, la madera, tan torpe, y el fluyente Leonardo, así aprendía yo estética, hay un Leonardo trunco en cada carpintero, había un carpintero angélico en Leonardo. Adónde está el talento, qué cosa es, por qué nace Leonardo, por qué, con igual fiebre, un ebanista talla su memoria, y le salen dragones fracasados.

Los Leonardo de Félix eran de chocolate y esto ensuciaba un poco mi mirada, la digestión tan clara del Leonardo. Cómo se salva uno del bargueño, cómo se salva uno de ser Félix, cómo se es Leonardo en lo que se hace, un Leonardo pequeño, pero fluido. Me acongojaba la arqueta como el logro inlogrado de lo torpe. Quizá yo iba a ser eso, por qué mamá encargó a aquel hombre aquella caja. Ella era leonardesca, era lo claro, ella tenía los ojos pardos de ver lejos, y yo venía de ella, y quería ser de la raza tan ágil de Leonardo, yo quería ser alacre, mas me iba a dibujar a la cocina y me salían las tórpidas figuras del ebanista Félix. Yo sufría mucho.

Si conseguía olvidarlo, si era sólo aquel niño que miraba, el hijo de mi madre en su gran cuarto, consultaba el Leonardo, reía con su sonrisa, me devolvía la cara dibujada mi tristeza o mi risa o mi pensar.

Dialogué con Leonardo tanto tiempo, él se quedaba allí, ida mi madre, y sólo estaba vivo aquel dibujo, gracias a aquello el cuarto no era triste, entre el dibujo y yo había como un diálogo, era el recurso que ella me había dejado (como otras madres dejan un juguete animado) para distraer su ausencia, pintor que había elegido (mejor que Miguel Ángel, me emociona pensarlo, a cuánta identidad llega la sangre). Sentado en cierto modo, el Leonardo se reflejaba en el espejo, el armario de luna, y su rostro era otro, del revés, otro medio perfil, otra sonrisa, otra mujer irónica, otra voz, y allí solos los tres: el húsar o lord Byron, lo que fuera, el incansable rostro renacentista, y yo, el más estático, en tertulia de alucinado niño, esperando a la madre, repitiendo los visajes que el tiempo hace, como una mueca, a los que esperan.

El Leonardo, el húsar, Byron, yo. Y la estantería a los pies de la cama, con los libros de mamá, mucho Galdós, noventayocho, *El nocturno del hermano Beltrán*, de Baroja, *Las guerras carlistas*, de Valle-Inclán (clave de mis caligrafías posteriores), *Habitado vergel* (vanguardismo de entreguerras), *Los que no fuimos a la guerra*, de Fernández-Flórez, para descubrir la novela de lo cotidiano, las tragedias de la vida vulgar, libros de la abuela, santorales forrados en tela negra, de velo de beata, o ediciones del XVIII, encuadernadas como en madera, con gusanos en la encuadernación como los gusanos de los santos estilitas y putrefactos cuyas vidas se contaban dentro y ponían temor y temblor en mi infancia laica, había algún Job anónimo en el cuarto de mamá, o un san Alejo debajo de la escalera, con su perro, una bondad rosácea, una pobreza celestial, como ser pobre en un rincón del cielo, había alguien bajo la estantería de los libros, entre la pared y la cama, acurrucado detrás de la butaca, un limosneo canturreado que llegaba en las noches de sábados, con borrachos en la calle, y en los días de Corpus Christi, cuando el santo/mendigo/ermitaño/estilita/leproso se hacía visible, se ponía en pie y estaba en la rinconera, con el sombrero en la mano, picado de los pájaros, esperando la caridad, que no era avaricia, sino un poner a prueba la caridad cristiana de las criadas.

Las criadas le daban una perrona o un cuproníquel, de sus ahorros en calderilla, en un plumier por miedo de la abuela, que las llamaba herejes si no daban. Pero ahora el san Alejo estaba callado, su perro no ladraba, como en las noches duras del invierno (ladrido seco, falso, tan distinto del ladrido solar y amistoso de los perros de Felipe, en la finca: quizá era el mismo santo el que ladraba, que algunos santos saben poner voces, imitar animales y dar guerra).

Y el mirador de parra virgen, siempre lleno de hojas, como un cenador, la colgadura roja de las hojas, el amarillo que a alguna le tocaba en el centro, como en un corazón enamorado, y el rojo que el resol proyectaba en el cuarto, rojo de parra virgen, rojo clarete, fresco, bebestible, flotante clima de fuego fresco y parra en que la habitación de mi madre viajaba hacia crepúsculos más grandes.

El mirador para leer, para estudiar, para decirle a ella las lecciones, cuando estaba en la cama, reposando, o tronzada por la menstruación, con el libro en la mano, sentada en su gran lecho, y yo, en el mundo submarino o sobrecelestial del mirador de vidrio y parra virgen, recitaba la historia de los fenicios, los griegos, los cartagineses, los fenicios nos enseñaron el cultivo de la vid y la acuñación de la moneda, los griegos nos enseñaron su alfabeto y sus desnudos, los cartagineses nos dejaron la estampa enemiga, fiera y desafiante de Amílcar Barca, Asdrúbal y Aníbal, y así es como monedas, vides (parra virgen del mirador), cultivos, naves diseñadas con arreglo al pájaro, como para volar, pasaban por mi voz de niño sabio, más los guerreros oscuros de pierna corta y dura, o la epopeya de Corocota, el guerrillero, que, habiéndole puesto precio Augusto a su cabeza, se presenta ante Augusto a cobrar la recompensa, y ante tan alto gesto, el emperador le abraza y le liberta. Unas veces a través de la leñosa taquigrafía, y otras a través del gran rodeo lujoso de la Historia, mamá y yo dialogábamos, y yo sabía de aquello porque era literatura, yo tenía una visión estética de la Historia, más atento a los efectos y la estampa que a la verdad/mentira, a la verdad sangrienta, crueldad consagrada, de lo que había pasado en el pasado.

El primero en Historia, pero, secretamente, el primero en Literatura, porque leía aquello como una novela. Mi madre lo sabía, mi madre, mujer política, sabía que estaba yo narrando en alto, como un Homero niño de terciopelo, historias que veía en el ocaso, en el trasluz vináceo de la parra, sobre el hilo fugaz de lo aprendido.

Pero eso era cultura y me dejaba hacer, creía en mí, soportaba su tos, su cansancio, su fiebre, por tomarle la lección al hijo, ya que la lección (ahora lo veo) era un recital, una creación literaria, y en esto ella reconocía al padre, al ausente mutilado del lecho por la Historia.

Tardes de parra virgen, el mirador tan alto (no tan alto), la calle con el Ford del veterinario, que iba a los pueblos a conversar mulas, el vencejo de siempre dando circularidad al cielo, hora de la novena, navegación del campanario, como un mástil, por los mares azules de la teología, tan lejos de nosotros, que estábamos en Asdrúbal.

San Alejo en el suelo (había un escalón ante una puertecilla nunca abierta), detrás de la butaca, devoción de la abuela, tipo raro, Byron en el armario, ¿amante de mi madre?, húsar de sangre, Leonardo en la pared, rostro de niña, rostro de niño, el apunte, la lámina (seguramente arrancada de un libro), la sonrisa cambiante como de una gioconda, y la caja de Félix, barroco de chocolate, renacentista de mono.

La habitación de la madre. Yo no sé si era así. Así la escribo. En ella me formé, en ella me acuñé. Por allí la cultura pasaba o se quedaba, como el tiempo se distrae charlando un rato con los niños.

El aire de los tiempos era Azaña. Mi padre o mi madre eran de Azaña, quizá, no sé.

Yo les oía aquel apellido que soñaba hazañoso y sonaba a guadaña, aquel apellido casi terrible, y luego me fui penetrando de su paz, de su serenidad —casi el «sosegaos» filipense, aprendido en la escuela—, de su intelectualidad. ¿Iba comprendiendo yo lo que era ser de Azaña?

Ser de Azaña, para el niño que yo aún era, consistía en sentarse en la terraza del Ideal Nacional (más nombre de periódico que de café), a ver pasar la gente, la prisa o la tardanza de las clases medias, lo que la existencia tiene de muy corriente, y recibir la prensa de Madrid, sobre la que siempre caía un goterón frambuesa de mi helado de frambuesa, y la cabecera del periódico (que yo entonces no sabía que se llamaba cabecera). *Ahora*, o *La Pluma*, revista hermética para el niño, un proyecto nacional de vida en común donde el obrero sería bien portado como un burgués con estudios, y el pequeñoburgués volvería a ser hidalgo cervantino sin gola, ingenioso o no, que pasaban los caballeros por delante de la terraza estival del café, tan estrangulados por sus altos cuellos de almidón que bien podían ser personajes del *Entierro del conde de Orgaz*, contertulios del Greco con corbata anglosajona o de los Campos Elíseos, porque lo republicano (ahora lo comprendo, recuerdo o reconstruyo) era llevar los gemelos de oro del abuelo sin ningún fanatismo por el abuelo ni por el oro.

—¿Y ese señor es don Manuel Azaña?

Mis padres me decían que no. Cómo iba a estar don Manuel Azaña en la ciudad.

Pero el señor gastaba sombrero duro, gafas redondas, semblante preocupado y pasear tranquilo. Había miles de Azañas, por aquel entonces. Eran las clases medias, los ingeniosos hidalgos ilustrados, yo no sabía. Yo no sabía que un cura, un bachiller y un ama les iban a quemar los libros, la casa y hasta el sombrero duro (con la cabeza dentro) en una guerra de moros y cristianos.

—¿Y dónde vive don Manuel Azaña?

—Vive en Madrid. Preside la República.

—¿Y qué es la República?

—La República es todo esto. El helado que te estás tomando, el periódico que lee tu padre, ese señor que pasa.

—¿Y está bien una República?

—Está bastante bien, si no le cortan la cabeza.

—A quién.

—A la República.

Mañanas del Campo Grande, con los guardas jurados protegiendo los cisnes como una mitología de clase media, que el poeta puro de los años veinte, el poeta local/universal había llamado al cisne «deidad de la corriente», hasta que los insurgentes, algún tiempo más tarde, ahora recuerdo, le dieron aceite de ricino, le pelaron al cero y se marchó al exilio, España, España.

El azañismo era oír la radio de Madrid, a mediodía, cuando la comida, otra manera de hablar de política y de hablar los políticos.

El azañismo era otra manera de ponerse el sombrero o pedir el periódico. Era como si a mis padres los hubiera casado don Manuel Azaña, cardenal laico de Alcalá de Henares, y no tengo —ahora— otra manera de explicarlo.

Tardes del cine mudo, o del Ideal Nacional, con helados frambuesa que sabían a crepúsculo fresco allá por el Parque del Poniente, húmedo de frondas y parejas.

El amor humedece los senderos.

Azañismo era acostarse en el filo de un sable, teniendo en casa la polémica vieja, el abuelo y la abuela contra el padre y la madre, y un coro de cadetes y de tías carnales y de primas, como las ya citadas, pasando por el fondo de mi sueño. Había entrado la guerra civil en los armarios.

Parecía tan razonable la vida, tan explicado el mundo, y don José Ortega y Gasset, don Ramón Pérez de Ayala, lo explicaban aún más y mejor, y sólo don Juan Belmonte, queriendo pasar de torero de Goya a torero de Picasso, estilizarse, convocaba la tribu redonda de la afición, cuando el primo Paulo se venía a los toros, desde su alta ciudad, pero don Juan Belmonte era vecino de los intelectuales, en Madrid, gastaban el mismo ascensor, y primo Paulo no iba a misa.

El azañismo se ponía guantes de gamuza para leer a Valéry y Marx, y al obreraje le gustaba que aquella gente hablase tan bien, y no tener que ir al cura, cada poco, a pedirle perdón y camiseta.

El azañismo estaba en la estatura valiente de mi padre, en el byronismo local de unos cuantos, el azañismo estaba, más que en ninguna parte, en los ojos profundos de mi madre, de un castaño dorado o de un oro verdeante, cuando la enfermedad pasaba por su fondo como un cortejo fúnebre o una novia enlutada. Había bibliotecas públicas con la vida de Cristo por Renán, y hasta los niños podíamos leerlo en el Parque Infantil, y Federico García Lorca echaba sus versos andaluces en el Ateneo de la ciudad, con público de toreros locales —el talabarteado, artista y remetido Fernando Domínguez—, poetas como Pino y Luelmo, a los que yo no entendía, que editaban en pergamino con forro de celofán, y señoritas de media tarde.

Mi madre estaba en aquellos recitales, más intelectual que en los conciertos, más juzgadora, menos entregada, que era, frente a mi padre, la racionalista de la poesía, la que siempre estaba temiendo que se fuese la República deshilachando por el hilo de un verso.

Sólo se dejaba perder por la música.

Azañismo era que España iba a ser así para siempre, que vivíamos todos como dentro del Museo del Prado, y nosotros, cerca y lejos de Madrid, en los museos gotimudéjares, barrocos, berruguetianos, románticos, cervantinos, religiosos, claustrales, de la ciudad.

El sabor fucsia/ciclamen de aquellos helados no he vuelto a encontrarlo en la vida, y las letras goticogermánicas del *Diario Pinciano*, en su cabecera, eran mucho más grandes respecto del tamaño de mi infancia.

Lo gótico y lo germánico eran Beethoven y Goethe. Aún nadie había militarizado el gótico en sus discursos ni perjurado lo germánico.

Azañismo era tener un padre y una madre, libres y juntos, ella de pamela negra y vestido blanco, cuando la elipse de los cielos nos presidía con su imagen razonable, llena de posibilidades.

Azañismo era mamá cambiándose de ropa y de perfume para escuchar la radio de Madrid, como para un sarao.

O su firma en las esquinas de los álbumes (se firmaba mucho atravesado), o las fotografías iluminadas, o la onda del pelo, sobre la sien izquierda, y las sucesivas ondas, hasta la nuca, disminuyendo en entropía, o la frente tan libre, tan pensatriz, tan bella, o las cejas dibujadas y no finas, fuera de la moda, como dos afirmaciones de la mujer, del yo, frente al modelo generacional.

O los ojos pintados, pensativos, los grandes ojos pardos con resoles de oro, con interior de oro, como una alcoba de oro en un día gris, algo así había en sus ojos, o la nariz perfecta, exenta, levísimamente pugnaz en su clasicismo, o el óvalo del rostro, delicado y seguro, estilizado a temporadas por la fiebre, dulcemente redondeado, a temporadas, por la paz. O la boca de Greta, o el cuello, o el vestido blanco, más el fotógrafo/iluminador, que le ponía colorete en las mejillas, negro en los ojos, hojitas azules de árbol japonés en lo blanco del vestido, siempre el artista triste, el pobre desinspirado, como Félix con su caja, empobreciendo artísticamente la realidad tan rica de mamá.

De eso escapaba ella con blusa camisera, vestido con dos picos en el pecho, por media pierna (sus confortables, líricas, firmes piernas que hoy llamo anacreónticas), y los zapatos negros con pulserita por el empeine, de eso escapaba ella hacia la escarpadura apócrifa del parque, rocas convencionales, mar de lago, con un libro en las manos, y cisnes que venían del modernismo, con cortejo de ocas, como Valle-Inclán, por la calle de Alcalá, rodeado de *currinches* de café. Libro de Valle-Inclán, seguramente, lo que tenía en las manos, mientras yo conversaba con el cisne macho (estoy seguro de que era el macho) y él me ofrecía en el pico el nombre de un ahogado, una letra caída de un árbol, una gota de luz como una joya devuelta a mi madre, joya que ella perdiera —cuándo, cuándo—, antes de nacer yo, celos retrospectivos que me daba pensarla en aquel parque con cadetes. Algo así.

Paseos a las afueras, hacia el río, pliegue estatuario de sus túnicas, más la frivolidad epocal de una hebilla, falda hasta casi los tobillos, los zapatos siempre de pulsera, el reloj en su muñeca izquierda, reloj de plata y terciopelo, mujer puntual en la cita política con los de Madrid.

El casquete de fieltro, negro, y las ondas brillantes, grandes ojos de trágica, un octubre de paso cuajado en su vestido, los volantes del escote, mas yo amaba lo blanco, yo la amaba de blanco. Pamela negra, túnica de una Grecia convencional, con finos bordados como greguerías, pulsera por sobre el hombro, talle bajo, finas tablas verticales, borla negra a la espalda, medias y zapatos blancos, la ropa del armario, medio cuerpo del gran armario, habitado de su ropa, que le había visto puesta, preguntándome yo, como el poeta, adónde iba el blanco de sus vestidos cuando los desechaba. Blancura allí perdida, acumulada, blancura fantasmatizada en la sombra del armario, al otro lado de la ropa masculina, húsar de sangre, allí yo no miraba, qué miedo si la sangre del uniforme salpicaba su ropa, por eso me asustó la mancha de moras, y abría siempre el armario, estando solo, mientras san Alejo bisbiseaba trisagios en cuclillas detrás de la butaca y el Leonardo hacía muecas al resol, abría el armario por comprobar que una mancha —¿de moras, de sangre, de sexo, de hombre?— no había insultado su ropa en las fornicaciones de detrás del espejo.

Mancha de moras, aquel domingo, que me había sobresaltado porque la emparentaba con las manchas sangrientas de lord Byron, el hombre del armario, ¿era mi padre o era otro?, secreto de su vida, inquietud de la mía, camisas escotadas, blusas donde el cubismo había estampado la geometría alegre que viene de Picasso, falda larga con doble volante, zapatos de puntera, zapatos en triángulo, la tarde dibujándola con viento en la materia/viento de su ropa.

Patio de San Gregorio, patios institucionistas, las columnas neoclásicas donde apoyaba su delgado brazo, bellísima de cuerpo, Greta Garbo, siempre seria en las fotos (como yo), todo un campo pasando por el tenue vestido, arcadas de la sombra, parra virgen, momentos de la madre, ropa, ropa. O allá entre los pinares de la abuela, o en tierra de corderos, su cosmopolitismo de provincias que la hacía turista en la aldea peluda de las cabras.

Reconstruirla dentro del armario, con fragancias, con ropas, con olores, combinar los conjuntos que ella se ponía, o hacer otros conjuntos con la mente, los zapatos abajo, en una tabla, con su pisar en ángulo, perfecto, cerrar los ojos, hundir el rostro en un frescor de perlé, frondor de seda, seda de mujer, olor de madre.

Así podía tenerla. Llegaba a oler por dentro sus zapatos. Luego, de pronto, el miedo, el sombrero napoleónico de Byron se caía al suelo, con tanto movimiento de la ropa, aunque había una tabla vertical de por medio. Susto del húsar muerto. ¿A qué huele una madre? A colonia pasada, a tiempo suyo, a muchacha soltera, y eso nos enloquece, porque huele a soltera, a cuando yo no estaba. Y cerraba el armario con lamento de plata del espejo.

Madre otra vez de blanco, el abuelo Avelino o la abuela Socorro, tíos/abuelos, en realidad, padres del primo Paulo, soltero, sobrio, maduro, jugador, trabajador, hombre de noche y naipe, voz de tabaco y reúma, secretamente enamorado de mamá, yo lo intuía, soltero para siempre, muerto el padre, muerta la madre, o vivos todos, hombre con oficinas y mandatos en la otra ciudad, allá hacia el Norte, adonde un día iríamos, iremos, lo contaré más tarde, para sanar el pecho débil de mi madre con el frío seco y puro que se filtraba por agujas góticas, instantes familiares, antes de que una familia vaya entrando en la zona de sombra que siempre nos espera, entreluz de persiana, resoles de aquel tiempo, memoria a rayas, y aquel vestido blanco de mamá, con cuatro botones en el centro, y los zapatos blancos con tira vertical subiendo hasta el tobillo, para unirse a la pulsera, y la manera suya de ladear un pie, el derecho, teniendo los dos juntos, abriendo aquella punta de zapato estival hacia una leve nada.

Tardes de tíos/abuelos, la sombra buena y recia del primo Paulo, hombre sin palabras, afecto seco, extensiones de agua en que mandaba desde la sed de las ciudades. Me llevarían luego de la mano, mamá y él, a visitar el agua, que no era ya el canal solemne y curvo de mi ciudad, ni la extensión del río y sus musculaturas afluentes, sino un agua rectangular, profunda, vertiginosa, donde temí caer como al vacío. Iba y venía de blanco, mi madre, entre las dos ciudades, sin mancharse de trenes, o venía el primo Paulo, a ver los toros, y era el hombre más serio, más callado de la plaza, como hecho de piedra de graderío, quizá el único justo entre los miles que pedían justicia removiendo pañuelos en el aire, cegando la tarde con botas de vino. Me llevaba a los toros, alguna vez, íbamos solos, yo muy afectado por el primo Paulo, preso en su seriedad, ligado a su silencio, junto al cual mi silencio de niño era como un maullido de lo mudo. Entre toro y toro, pedía una gaseosa para mí, una cerveza para él, le hablaba duramente al vendedor, al hombre de la caja, con distancia, estaba allí en los toros, el primo Paulo, aquel hombre tan hecho, sin querer contagiarse de la fiesta, como en una solemnidad religiosa (él tan ateo), tomando de los toros (hoy lo sé) sólo la línea pura, nunca el color violento y vomitado. Yo me aburría.

Pamelas transparentes, tiempo oval, abrigos de hombre, sombreretes de un eterno ir de boda, patios goticoflamígeros, cielo floreado, piedra muy trabajada de provincias, un siglo XVIII irrumpido de la osadía con boina de este siglo, boina que se ponían aquellas muchachas sobre un lóbulo cerebral, casi verticales.

Mamá y yo en el parque del otoño, los árboles escuetos, las vigas pintadas de azul que le ponían al cielo una techumbre, la balaustrada circular, los bellos azulejos, y ella con grandes pieles por los hombros, los pómulos pugnaces de tragedia, qué pasaba.

La madre es un enigma, tanto que descifrar, yo no sabía. Por qué íbamos al parque con aquella humedad, en el invierno, huía ella de la ciudad, de la familia, huía conmigo de la mano, huía de la política, del mundo, de Madrid, de nuestro húsar. Hubo un tiempo de playas y de globos, bañadores por medio muslo que no interrumpían la belleza total de su desnudo, pese a todo, pero son mar en ráfagas, rayas de verano, porque me dura el parque, el parque, el parque, cuando estábamos solos bajo el artesonado pueril, municipal, azul, bajo un cielo de invierno como un apocalipsis que dormita.

Las cosas iban mal, los años treinta, no sé qué iba a ser de todo aquello. Mamá callaba, sólo me decía cosas que no rompían el hielo del silencio, como estaban los lotos bajo el hielo del estanque, visibles, fogonazos amarillos en el total silencio de noviembre:

—Súbete la bufanda, que está húmedo.

Quizá empezaba a arrinconarla el mundo. Los fascismos cantaban en Europa. El húsar del armario no volvía. Byron estaba preso allá en Ocaña. La enfermedad bordaba en las mejillas de mi madre un rubor de febrícula y fracaso. No sabía yo si los vitrales luminosos, si volvería aquello, si lo habíamos perdido, si las claras mañanas de Underwood.

Y con respuesta muy femenina a la desgracia, se ponía aquel abrigo entallado, largo, fino, con solapas de piel como un bello animal a cada lado. Me vestía a mí de fiesta y nos íbamos al parque silencioso, al laberinto infantil de los estanques, donde los peces rojos, los lotos amarillos y unos rostros profundos de lo verde, nos miraban despacio bajo el hielo, desde su inmovilidad de presas craqueladas del invierno. Se vestía ella de gala para la fiesta de la soledad, para la orgía de la desesperación, para el vacío.

No sé si meditaba.

Yo miraba la hora en su reloj, si me cogía con la mano izquierda, pero era una hora del revés en la muñeca, que no me decía nada, que ponía el tiempo bocabajo, como el cielo bocabajo en los estanques duros, con su mitología de loto y peces muertos. Repasar sus armarios, luego, era entrar en un repertorio de madre, cada madre un vestido, todas ella, y me detenía yo mucho tiempo contra las pieles suaves del abrigo, húmedas aún, me parecía, del relente del parque y la desgracia.

El primo Paulo, una vez al año, venía de su ciudad, sí, para los toros, pero sin alegría, ya lo he dicho, me daba una peseta, o compraba un melón al bajarse del tren, por traernos algo, hablaba con las tías, con mi madre, se iba solo a los toros, o me llevaba de la mano, nunca le acompañaron las mujeres de la casa, para el primo Paulo, sin duda, aquello de los toros (como casi todo en la vida) era una cosa de hombres, nada de faralaes y mantones en los balconcillos, sólo un hombre vestido de bailarina persa cumpliendo su deber frente a la bestia, al primo Paulo le gustaba que la gente cumpliese como cumplía él en su trabajo, en el juego, en todo lo que hacía, era fundamentalmente serio y sin duda le gustaba mi madre, aparte la belleza y Greta Garbo, porque ella era la mujer/hombre, la mujer responsable, la que va a llegar en punto a la oficina, la que no frivolea entre mariposas de cretona.

El primo Paulo tenía los ojos claros, serios y biliosos. El primo Paulo tenía en los ojos una tristeza austera de soltero enterizo, crudizo, eternizo, que se tornaba dulzura de tabaco cuando hablaba con mi madre o conmigo, cuando hablaba con sus padres, sobre todo, le quería yo como el niño quiere y admira al hombre/hombre que vive en su tabaco, en su humo de tabaco, como en la hornacina de su virilidad.

Y no me molestaba que quisiese a mamá, no tenía celos yo de aquel amor callado e improbable, porque era un poco padre, el primo Paulo, y porque siempre había un silencio, una distancia, un espacio entre él y las mujeres.

Quizá se me llevaba a mí a los toros por no atreverse a llevar a mi madre.

Y por aquellos tiempos, tantas idas al parque, en el invierno, tanta humedad, tanto alejamiento, correajes violentos del Casino, sobre el burdeos cansado y apacible de los divanes y los tú/y/yo, noches lentas y azules, como una camisa descamisada, que abrían duras navajas damasquinadas de odio, fascismo en la ciudad, el enemigo en casa, o quizá éramos nosotros quienes habíamos vivido secularmente, como extraños, en casa del enemigo: conciencia de marginación, de marginalidad, descubrimiento en el niño de que se puede ser aparte, de que seguramente forma uno entre los que viven aparte, entre los que son aparte. Desahucio de la vida, desalojo de las seguridades primeras, quizá el mundo no es nuestro, la calle, la ciudad, parece que hay un dueño milenario de todo.

¿Cómo hacer?

La casa es de la abuela, pero quizá sea de un prestamista viejo, la ciudad es de todos, pero quizá sea de un hombre solo y sombrío, nunca visto. Cuando el niño descubre que el mundo puede no ser su mundo, que lo que había creído su reino natural de barquillo es propiedad de otros, empieza el niño a tener conciencia de desalojado: estamos de prestado en nuestra casa. Algo así era.

¿Judíos en el gueto, infieles en la iglesia, ladrones en la ciudad de la honradez? Marginados, mirados de través por el portalón frío de las parroquias. La ciudad expulsaba a mi madre hacia el vacío del parque ya sin nadie.

Y como todo es uno y lo mismo, por entonces, en la comida silenciosa, entre las tías y las criadas, quizá bajo la abuela cuspidal o el fallecido abuelo que presidía la mesa volviéndose luego a su cielo a dormir la siesta, por entonces mamá tuvo la hemoptisis, repetido golpe de lo rojo en su voz de cascada, tos de la traición en su biografía. Comíamos arroz, lo recuerdo, y repercutía en el episodio rojo la primera hemoptisis de la adolescencia, la amenaza durmiente, ya olvidada. La navaja política del miedo pasó por el silencio de la casa, cuando lo que tenía que habernos alarmado más era aquella hemoptisis de mamá.

No sabía yo la gravedad del hecho, pero días más tarde, estando allí en la calle, con los chicos, jugando a media tarde, llegó el inesperado primo Paulo, no en tren, como a los toros, sino en su coche grande, en su Ford T, sacaron a mamá como a una muerta, la despedida me hizo perder la noción de mi espalda, de mi nuca, como si me fallase o faltase algo por detrás (les pasa a algunos enfermos del cerebro, según creo), y el primo Paulo, menos grave que cuando venía a las corridas de la feria, se la llevó a su ciudad, a aquella ciudad del Norte, viento fino y seco pasado por agujas floreadas, donde iba a estar a salvo de la invasión oscura, marazulmahón, de los emergentes dueños de todo y a salvo de las nieblas, humedades del río, toses de mi ciudad.

Mamá en combinación negra, en la comida, comiendo junto a mí, su palabra de sangre, repentina, mamá como una muerta, en el Ford T, y ni siquiera un beso, que no quería contagiarme, sólo sus ojos pardos llenos de oro parado, oro difunto y la caricia seca del primo Paulo, su mano fumadora, entera, fuerte, dejándome media cara de tabaco.

Así se la llevaron una tarde.

Tren que atraviesa guerras, tren de muertos, y yo en aquel gran tren, lúgubre tren, contra el sol de la sangre, como la sangre de la guerra, como un sol o crepúsculo espontáneo de pólvora, con el Portu conmigo, el viejo Portu, un criado de la casa, un recadero, un encomendero, persona a quien habían confiado mi persona.

Aquel viaje hacia la madre, la ciudad del Norte, toda de frío y de vidrio, aguja gótica, la salud de mamá, y nieve, nieve. Aquel tren de verano, un verano de muertos, un agosto de locos, guitarras/ataúdes sonando a sepultura en los vagones negros de tercera. Por fin, después de meses, tras la casa vacía, tras la calle vacía, sin despedirme del Leonardo triste, sin despedirme de nadie, los chicos de la calle y de la escuela, partí hacia la ciudad del primo Paulo, detrás de mamá.

Sólo san Alejo, debajo del peldaño que daba a la puertecilla nunca abierta, me dio un beso en la frente, me dio un beso de lepra y santidad, mientras su perro ladraba alegremente y la Ubalda le mandaba callar, que las criadas sí, las criadas, la Ubalda, la Inocencia, la Eladia, la Manuela, estuvieron de duelo en mi partida.

También me despedí, a través del espejo, del húsar misterioso de la percha, del Byron/padre, del uniforme en sangre. No me atrevía a mirarle, a entrar en el armario, que era su alcoba, para darle la mano o cogerle un galón o saludarle con su propio sombrero napoleónico, pero a través del espejo, la gran luna, a través del cristal le hice una reverencia muy ligera, a la par que yo mismo me miraba, inspeccionaba mi chaqueta, mi traje de cheviot, pantalón bombacho, mi corbata de punto, mi peinado hacia atrás, el pelo rubio reforzado con jabón (a escondidas de todos), de modo que tenía un casco natural de pelo duro, como lo había visto yo en algunos hombres.

Incluso entre el corro de las criadas, abuelas cuspidales, tías mortecinas, mirándome la ropa, «vas muy guapo», me despedía del húsar, conversaba con él, húsar republicano, necesitando creer que era mi padre o su uniforme, aquel preso de Ocaña o donde fuera, un amante de mamá, qué disparate, cómo pude pensarlo, ay de la duda.

El Portu, por el tren, se sentaba en el viejo baúl, dorado y verde, con clavos de cabeza redonda, remaches de corona de rey, se quitaba el sudor con un pañuelo, se metía el pañuelo entre el cuello de gallina y la camisa sucia de rayitas, el Portu se sentía privilegiado de tener su gran asiento, el baúl de mi ropa para él solo, el Portu era el Portu por venir de Galicia hasta Castilla, para quedarse, y tenía los pelos cortos y revueltos, la coronilla tonsurada por la edad, el gesto de condenado a galeras, un judaísmo tenue en la cara borracha, congestionada en blanco (hay los que se congestionan en blanco, mucho más graves de salud que los congestionados en violáceo vino o sangre), y un redondeamiento de su breve persona que se desmentía en lo musculado y resistente cuando cargaba mi baúl u otros. Sentado yo en mi asiento de madera, entre una estraperlista y un soldado, miraba al viejo Portu, ángel de estas apariciones y viajes, hombre sucio.

Con esa democracia natural de quienes nada tienen (ya iba yo sabiendo algo de política), el Portu ofrecía medio baúl a todo el que pasaba, mujeres empreñadas, niños flacos, cadáveres del frente, mendicantes.

Así, cada poco rato, tenía con él otro conversador, y me recordaba esto lo que me había contado mamá una vez, de cierto famoso político: «Le cambian el interlocutor y no se entera.» El conversador nato, tan español, aunque el Portu fuese entrecelta, entrejudío, entreportugués, entrenosé, como el alto político académico, le contaba sus cosas a cualquiera, quizá ofrecía el baúl (ahora debo rectificar) más por tener coloquio que por dar asiento.

Emparrafaba su charla con la charla anterior, sin un punto y aparte, pasaba de la viuda al muerto de seis días con su locuacidad de tartamudo, pues que el Portu era un algo tartamudo, y siempre era lo mismo, lo mal que estaba todo, esta guerra, esta guerra, llevaba siglos quejándose de alguna guerra, que siempre las había, y la mujer de negro le escuchaba en silencio y de perfil, y la vieja de chales, exquisita en sus joyas, le contaba lo suyo, de modo que eran dos monólogos paralelos y simultáneos, que nunca se encontraban (el pueblo dialoga así muchas veces, y los cultos también, sólo que éstos lo disimulan más), y el soldado borracho, muerto conservado en vino, asentía con la cabeza (que en realidad se le caía de borrachera y muerte), con ese dulce asentimiento que tienen los cadáveres para toda palabra de los vivos, o venía el rasgueador de guitarra, lento y repetitivo, poniendo contrapuntos de bordón, pena de música, a la pena biográfica del Portu. Yo miraba la novela de aquel tren, reclamado, sin embargo, por el lirismo loco del paisaje, y eso sería mi vida para siempre, duda entre sonido y sentido, entre prosa de tren y verso del paisaje, y comprendí que el Portu, de repente, era el buen san Alejo del cuarto de mi madre, eran el mismo, que se había venido a portarme el baúl y protegerme.

Tren de los campos góticos, tren de muertos, canciones que venían siempre de otro vagón (siempre es en otro vagón donde se canta), pero recorrí el tren, borracho de vaivenes, atravesando rectángulos de olor (un vagón olía a soldados, otro a mujeres sucias, otro a mandarinas, otro a bota de vino, otro a niños meados, otro a muerte), y nadie cantaba en ningún sitio, pero la canción de las trincheras, de la paz y la guerra, me llegaba siempre desde la otra punta del tren.

Fue mi primer ver mundo. El mundo para mí era mi ciudad, y de repente descubrí la novela del tren, que había una humanidad itinerante, que los muertos, cuando mueren, se suben en un tren y viajan para siempre por agosto.

No había sido yo muy dado, cuando niño, a buques fantasmas ni otras lecturas marítimas, pero aquel tren fantasma, o sea este tren, me dio el mundo como novela —cada vagón un capítulo—, la humanidad como viaje, la gente como equipaje, y luego el tío de las rifas, que pasaba con unas tiras de naipes pequeñitos, de papel, y rifaba caramelos, almendras, tabaco de requisa, plumas estilográficas de wattermann, cuando había vendido ya todas las tiras, y, como gran premio, una muñeca grande, una pepona fea, sobada y vestida de asturiana que, por lo usada, revelaba que no le había tocado nunca a nadie, era el gran aliciente, el reclamo casi erótico (algún soldado se la pedía al de la rifa por mirarle la braguita de puntilla a la mujercita de celuloide). El tipo de la rifa era muy gordo, mas pasaba delgado entre los muertos, rifaba sin cesar, dejando un rastro de decepción y giganteas, las pipas de gigantea, tostadas y saladas, que era lo más que tocaba, y que la gente, los premiados, deglutían entre fatuos y decepcionados, escupiendo las cáscaras por la ventanilla, que se las devolvía contra el rostro con manotón de viento.

Oriné en los servicios, oriné sobre un planeta girante de carbonilla que rodaba a gran velocidad bajo mis pies, y por el agujero del retrete vi por primera vez, como Galileo, Copérnico, Kepler y aquellos sabios por el agujero de sus telescopios, que la Tierra giraba, se movía a una velocidad insoportable.

Fue, pues, una meada cósmica.

Pero volvía yo al paisaje, campos y campos, con la mala conciencia del poeta que no era, convencido de que debieran interesarme tanto los seres humanos (que además estaban muertos) como la sucesión amarilla de los trigos requemados por la guerra y algún poste de telégrafo tan solo que por él no pasaba ya el telégrafo.

Como la mala conciencia es insondable, a esta culpa de cantar paisajes (poeta de pantalón bombacho, calcetinitos blancos y zapatos anudados, ya como de hombre), le sucedía la culpa de no acordarme suficientemente de mamá. Íbamos hacia ella, el tren iba hacia ella, aquel convoy de muertos guitarreros iba hacia el mito blanco de la madre/enfermera, pues que mamá era mujer política, víctima de la guerra, derribada muchacha, arcángel roto.

Quise pensar en ella, concentrarme, y me senté en mi sitio, entre un estraperlista cuyo sexo no recuerdo y un soldado o caballero mutilado que grapaba su muerte con las grapas de hierro, de oro y plata, de numerosas condecoraciones, como lañas o pernos que sujetaban su fisiología (la fisiología es un invento del Renacimiento: antes, el hombre se distribuía en vagas zonas confusas y poéticas).

El Portu, zascandileador también de todo el tren, estaba ya en su asiento, en mi baúl, y miraba con cierta altanería a los empleados del ferrocarril, hombres de visera tazada y bigote tenaz, como el que va de truco, gratis, sentado tan a gusto en un baúl, aunque lo cierto es que había pagado su billete, o se lo habían pagado en casa, mejor dicho, y llevaba ambos cartoncitos en algún bolso blando y profundo de su ropa, que tuvo que buscarlos mucho cuando vino el revisor, poniéndose de pie, volviendo del revés los forros rotos, sacando billeteros con carnets e inexplicables pétalos (en eso conocí o recordé que era san Alejo, hombre de misticismos y lirismos), y me señalaba a mí, me enseñaba, como alegando la pulcritud de mi ropa para alejar sospechas de su harapo.

Sentado en el baúl, sacó un rosario, o, mejor, así lo vi saliendo el tren de un túnel, que el Portu entró en lo negro siendo el Portu y salió ya a la luz de santo orlado, el rosario mediado entre las manos, la luz vertiginosa del viaje parándose en su frente como un nimbo, y una vieja a su lado, de negro muy eclesial, le seguía la devoción, conociendo quizá también, en él, la santidad, la humildad de Alejo y su escalera, su perro y no sé si su lepra.

Era, en aquel momento, el Portu san Alejo, un desgarrón del cuarto de mamá erigido en el altar inseguro de la velocidad, entre muertos alegres y niños que se rascaban en el pecho los piojos interiores de la tisis. Vi a san Alejo, sí, como cuando salía de detrás de la butaca y decía una oración o pedía una limosna o dejaba que el perro le lamiese las llagas, por gusto de la abuela, que era su protectora, y de alguna criada más devota. Nuestros fantasmas viajan con nosotros.

El mundo, mi mundo había sido circular; una madre, una casa, una ciudad, una historia. Ese sistema de círculos concéntricos en que se mueve el niño, y en cuyo centro está él. El primer viaje largo nos descubre que el mundo es lineal o, cuando menos, una elipse.

Hay un día en que, sin saberlo, el niño, en un vagón de tercera, se hace kepleriano. No es verdad que todo gire en torno a él o en torno de su madre. El niño, viajando, más que el espacio, descubre el tiempo. Estamos atravesados por una poderosa, incesante y mortal corriente: el tiempo.

Vivir es una muerte lineal.

Vivir es un tren de muertos que tocan la guitarra con el gorro de vivos ladeado, porque ya les han licenciado de la milicia del vivir.

El tren, de pronto, no supe adónde iba.

Y por qué hay una guerra. Por qué hay siempre un tren, línea secante o tangente del círculo que había sido mi biografía, que contamina de velocidad la quietud circular de la existencia, el redondel de la infancia. En mi vida, de pronto (que había sido heliocéntrica) había dos polos, dos ciudades, dos personas, mi madre y yo.

Un planeta giraba en su órbita y otro en la mía. Vi de repente, mientras veía paisajes amarillos y tableteantes en la ventanilla, la lámina del colegio, la elipse de Kepler. Cuando yo esté en el otro extremo de la elipse, mamá habrá girado hasta el extremo contrario.

Vivir es elíptico y eso es desolador.

Ya el hecho de que existiera otra ciudad, más que una novedad me parecía un escándalo. Y esto ha permanecido así a lo largo de mi vida.

La felicidad, si es algo, es recorrer una órbita, siempre la misma, incesantemente. Lo único que se ha inventado contra la muerte es la esfera. Yo quería vivir en lo esférico, vivir lo esférico, no salir jamás de mi esfera, y he aquí que de pronto aquel tren corría desesperadamente hacia su límite, aunque los muertos, con su impaciencia de muertos, se quejaban al revisor de que corría poco.

Se tarda en aceptar que vivir es elíptico, se tarda en aceptar a Kepler (la humanidad y la historia han tardado siglos, primero en generarle y luego en aceptarle). Yo, con mi pantalón bombacho, mi lirismo de panllevar y mi novela de vagón de tercera, tardaría mucho en comprender que vivimos siempre atraídos por el polo contrario, aunque la lámina del colegio, kepleriana, me había dado ya plásticamente (sólo puedo comprender las cosas plásticamente, aunque sean abstractas: entre otras razones, porque no hay cosas abstractas) la imagen de mi presente.

Mamá estaba en un extremo de la elipse y yo en el otro. Cada una de las dos ciudades era un planeta. El tren recorría la elipse kepleriana de la Enciclopedia infantil a toda velocidad, cargado de muertos, enfermos, viejas, soldados, vendedores, buhoneros, niños, revisores como generales y generales como revisores. Vino el Portu, que ya no era san Alejo.

—¿Se cansa el señoritu, es largo el viaje?, coñe, con perdón del señoritu, estos trenes que no corren, yo le tengo tortilla al señoritu, ahora va a merendar, y luego bebe agua en el retrete, con perdón, se va bien en el arca, señoritu, ya ve la pobre gente, me gusta que se sienten, hasta un rosariu nos hemos rezado, la gente cuenta cosas, dicen que hubo una guerra, yo no sé, la señora mamá del señoritu nos contará al llegar, ella sabe de eso, qué cabeza, nunca mujer tan sabia, señoritu, mejor que muchos hombres mismamente, dicen que hubo una guerra, yo no sé, el señoritu es niñu, una criatura, bueno, ya un hombrecito con los pantalones, bonitos los bombachos, señoritu, y salud para usarlus, pero este viaje es largo, y la calor, le saco la tortilla, luego se da un paseu hasta los retretes, eso despeja un poco, y rezamos, si quiere, otro rosariu.

Me daba mucha vergüenza ponerme a comer tortilla en aquel tren donde todo el mundo comía tortilla. Me daba mucha vergüenza ponerme a rezar el rosario en aquel tren donde todo el mundo rezaba el rosario y, sobre todo, me aburría la devoción y me daba un poco de miedo que, en el siguiente túnel, si lo había, el Portu volviera a ser el san Alejo. De modo que por librarme de todo eso, me levanté a beber agua aunque sin sed, me fui hasta los retretes apoyándome en los hombros de los viajeros, hombros que se derruían, como caliza, a mi leve presión, y lo que más me gustaba era pasar de un vagón a otro, vivir dentro de ese acordeón peligroso y estentóreo que une y separa los vagones, sostenerme en su inestable plataforma, ver el mundo a los lados, dos orillas de luz y geografía.

El agua del tren sabe a tren. Era un agua que sabía a caldera, a ténder, a botijo del fogonero, sucio de carbonilla, con las huellas digitales de un hombre impresas en la panza de barro. Era un agua mala de beber, pero que daba mejor que nada el sabor del viaje.

Volví a mi sitio. El Portu, dormido en el baúl, tenía ligaduras de rosario entre las manos. Sanalejos de luz vibraban en el reflejo de las ventanillas, sobre su cabeza.

El tren, con sol y estruendo, recorría incendiado, como un astro de sangre y de carbón, la interminable elipse kepleriana.

LIBRO SEGUNDO

La realidad me inventa: soy su leyenda

>   JORGE GUILLÉN

La ciudad, la otra ciudad, el otro planeta de la elipse, el sitio de mamá, era un cielo frío y luminoso, un cielo excesivo y vertical, un sobrante de tiempo navegando gozosamente por sobre los álamos en perspectiva, en cristal de aire prefijando las cosas en la claridad exagerada, exaltando una realidad de río pobre, una poquedad de parque público, un ocio de agosto helado, músicas como brisas en la nieve, avenidas que daban a la nada, alguna estatua centenaria, que era el único dinamismo de la ciudad, con su ademán de arrojar un puñal o descubrir un mundo.

Allí sólo las estatuas exageraban el gesto. Lo demás era una ciudad sin gente, fábricas donde no se fabricaba nada, la estación desmemoriada, que perdía en seguida el recuerdo de sus trenes fugaces, las traseras monótonas del año, una tribu de gitanos junto al río, como en mi ciudad, pero en menos, quioscos de la música y el frío, el estucado del ocaso, en tonos lentos, tibios, álgidos.

Había un largo paseo a la derecha, melancólico y peraltado. Todo me parecía menos que en mi ciudad, aunque fuese más o menos, pues que no había tenido yo tiempo de enriquecerlo con la imaginación o con mi propia biografía: era un recién llegado.

Nos parece populoso lo que sólo está lleno de nosotros. A la derecha había un parque, desvaríos del verde entre lo verde, templetes, vagas condesas puede que imaginadas a lo lejos.

Los reyes medievales, como un friso de fondo, horizonte de cárceles, plateresco del aire, barroco de los jesuitas, allí, aquí estuvo Quevedo (eso me lo tenía yo bien aprendido), paseando su retiro, padeciendo humedades, llevando siempre, ante sí, «el pálido rebaño de mis enfermedades». Padre, padre Quevedo, maestro que sí entendía, lumbre de palabras que me incendiaba los ojos y las ganas, al leer o recordar, allí estuvo Quevedo, y allí, prima tarde, se me apareció el clásico, el barroco, en lo que ya es chopera, más lejos de los parques, donde el río murmura su descontento y el manierismo militar y jesuita pone cárcel orfebre al gran señor violento de la prosa y el verso.

Me senté en una piedra, entre los árboles, como después haría, tantas veces, mientras el Portu iba con el baúl a cuestas, dejando un rastro de esfuerzo por la ciudad desconocida, para volver luego a buscarme, son caprichus del niño, el señoritu, se ha quedado mirandu alguna iglesia, y miré las ventanas, una a una, con su guarda de hierro, con su reja, por ver en el ocaso, con luz rara, el rostro congestivo, la luz en los quevedos de Quevedo.

Yo creo que se asomaba, que miraba, que contemplaba el cielo unos momentos, que se metía a dormir, aún tan temprano, que vivía entre caballos, frailes y guardianes, trabajando su muerte, miniándola, y respirando un poco la humedad del río.

En la calle central se desplegaba el sol como un patán, había olores ligeros, pasajeros, a almacén de coloniales, a esparto nuevo, a vino sesteante, a café puro, olores que la brisa, el frío verano, borraban en seguida de mis ojos. De la mano del Portu, o muy detrás de él, desentendido, iba yo descubriendo la ciudad.

—Que se dé prisa el niñu, el señoritu, ¿es que no quiere ya ver a la madre, no sabe que le espera con la abuela?, y lo que me ha costado llegar con todu el cofre, pero unas pesetiñas nos ahorramus.

Muy despacio, sin mirar adelante, sabiendo que la espalda abultada y gris del Portu era mi referencia en aquel mundo, miré relojerías, tiendas de armas, esas tiendas donde disecan animales (en la escuela decían taxidermia), con un erizo seco en el escaparate, el bicho con los ojos de cristal, con el hocico como de celuloide, con los pinchos tan tiesos, inútilmente ya, que daba pena.

Del fondo de la ciudad, del otro extremo, entrevenían catedrales de plata, altos barrios de piedra, medievales, como un presentimiento del pasado, que embalsan grandes plazas, soportales remotos, echando ya su sombra de hondo vino en la luz de la tarde moridera.

Y una plaza cuadrada, grande, limpia, con un reloj inmenso donde las horas estaban en círculo, como en un casino. Ciudad de piedras claras y de cielos lineales, aire limpio para el pecho de mi madre, ciudad alta y alegre, con un preso barroco, un santo literario en mazmorras de plata y plateresco.

La catedral, su rosa de los vientos, su rosa de los fuegos, su alta rosa, la catedral, descendida del cielo, catedral invertida que yo veía, en reflejo, en las aguas azules del azul. Con sus agujas góticas, con su ascensión de santos hacia abajo, con atrios como pétalos, con su pululación de pastores, poetas, endriagos, vírgenes, pecadores, mujeres, pastorcillos, caravanas, toda la antigüedad en romería, porque la catedral gótica era una romería hacia la luna y el sol, no sé, era una cosa itinerante por los siglos, un subir o un bajar las cresterías de la Historia, que no es más que un festón. Una catedral gótica es un viaje.

Mas no íbamos a casa del primo Paulo, que mamá estaba en otra calle, en otro sitio, en un traslugar oscuro, pino y poblado, en una pensión.

—Todo lo han requisado, señoritu, esos que mandan ahora, vigilan mucho al señorito Paulo, le han requisado el coche para llevar y traer muertos, sacos de harina; impedimentas, y vigilan la casa, la vigilan, el chalé tan hermoso, tú recuerdas, aquí vivirá un tiempo el señoritu, la señora mamá también la buscan, no conviene en un sitio tan sonado, mejor en esta casa, esta pensión, que es un sitio decente, señoritu, una casa muy noble, tercer piso, hasta que vengan las cosas a su ser, hasta que vuelva el niño, con su madre y la señora abuela, a casa de la muy dicha doña Socorro, la tía abuela, usted ya se hace cargo, anda, home, sube.

La pensión estaba en un alto rellano, puerta de la derecha, y tenía pasillos hasta el mar de los cielos ventanales, y era de doña Patrocinio, vieja y larga, con dos hijas, una morena y otra rubia, siempre Marta y María en esta vida, qué limitados son los esquemas humanos, no sólo en el teatro, la morena, la tonta, se llamaba Zoila, y hacía todo el trabajo de la casa y los huéspedes; la rubia, que no recuerdo cómo se llamaba, era novia de un hombre de la guerra que le traía caramelos para mucho rato y besos cortos, rápidos, de dar en la cocina, mientras la hermana tonta mira por la ventana. En la pensión había mineros que salían de madrugada, meretrices como Eva, remorena y africanizante, que se paseaba en faja por la casa y me mostraba la hosquedad/boscosidad de su pubis, qué vergüenza, y meretrices finas, elegantes, altas, a las que amé un poco en sus vestidos estampados, en sus rodillas largas y purísimas, y había viajantes de comercio que me enseñaban la geografía gallega, La Coruña, Lugo, Orense y Pontevedra, y recitaba yo: La Coruña, Vigo, Orense y Pontevedra; que no, coñe, muchachiño, vamos a ver otra vez, La Coruña, Lugo, Orense, etcétera, mociño, pero al mociño le daba igual.

Y yo andaba por la casa abriendo y cerrando puertas, no queriendo sorprender a Eva con un minero, en su alcoba de lencería negra y Radio Madrid, no queriendo sorprender a la hermana con el hermano, a la novia con el novio, no queriendo caer en los dominios del viajante gallego, que me haría recantar y recontar las cuatro provincias galaicas. Mamá, entre todo esto, estaba en la habitación más grande, apartada, aireada, de la pensión, sentada en su gran lecho, con su mundo penosamente recompuesto, el libro prohibido a un lado, en la mesilla, entre el termómetro, las vitaminas y su libreta de apuntar la fiebre, cuatro cosas usuales repartidas por el cuarto y todo lo demás (el baúl del Portu, volcado, y mi pequeña cama, detrás de una cortina: víveres, joyas, galletas revenidas, mis libros de estudio, un parchís, rosarios de la abuela, que ya había vuelto al otro extremo de la elipse, a la otra ciudad). Criadas, tías, la abuela a temporadas, las hijas de doña Patro, toda aquella gente cuidaba de mi madre, más sus viejas amigas asturianas, estrelladas dinastías, arcas y arcadas del pasado, que venían a verla, o el primo Paulo, de tarde en tarde, ceñudo de posguerra, sobre su ceño natural, mutilado de requisas, sufriendo cada día la humillación de encontrarse su coche por la calle, lleno de mujeres con mantilla que rezaban a gritos, o de soldados borrachos que apuntaban fusiles inseguros contra una población indiferente. El primo Paulo era el que podía ser atropellado por su propio automóvil, el Ford T que salvara a mamá rescatándola de nieblas y políticas, la callada conspiración del aire de nuestra ciudad. De lejos, por la calle, o en casa, con el gato en el regazo y un cuaderno de cuentas en la mano, el primo Paulo reconocía la bocina de su coche, girando la ciudad ociosamente, y aquellos bocinazos para nada le ponían angina de rabia por el pecho, y vivía enfermando, hombre que huye de su coche, esperando y huyendo la llamada feliz, ahora insolente, de la bocina clara del Ford T.

El primo Paulo explicaba que en cuanto pasase la vigilia de los vigilantes iríamos a casa, dejaríamos aquella pensión, se instalaría mamá como era debido. Y fumaba, fumaba, el hombre enamorado, ese tipo de hombres que se enamoran hacia adentro y el amor sagitario les coloca saetas en el centro de sus diferencias interiores, sin que digan jamás una palabra. De pronto se acordaba:

—Perdona el humo, tengo tanto vicio.

Y aplastaba el cigarro contra el pie de bronce de una bella desnuda findesiglo que había viajado a los hombros del Portu, en el baúl.

Todo reproducido como en casa. Mamá había reconstruido, no sé si dándose cuenta, la habitación de casa en aquel cuarto desguazado de pensión, la mesilla al mismo lado, con los libros, el amplio balcón abierto, en vez del mirador de parra virgen (qué desnuda tristeza), los libros a igual distancia, y un armario de luna, que no sé cómo estaba antes, colocado por doña Patrocinio o los novios de sus hijas, hacía ahora rinconera, chaflán, igualito que en casa, aunque supe sin duda que dentro no había un húsar misterioso ni el repertorio de madres y vestidos que fragaba en nuestro armario cuando yo lo abría. Era sólo un gran mueble con espejo.

Entonces, si siempre reproducimos nuestro entorno, si queremos parecernos a nosotros mismos, ¿será más verdad la circunferencia que la elipse, contra lo que pensé en el tren? ¿Dónde está la verdad? Quizá haya dos verdades. La elipse es la verdad ferroviaria de los trenes y la circunferencia es la realidad de la casa o sus imitaciones de realquiler. Mamá no me tocaba demasiado, me mantenía a distancia, siempre por el contagio, y al principio esto me parecía desamor, me entristecía, me enfurecía, pero luego aprendí la voluptuosidad de la distancia, la orgía de la diferencia, el placer infinito que había en dar un paso hacia ella, sólo hasta el límite de lo consentido, como un paso en la Luna, como un paso en el sueño, lentísimamente, placenteramente, por precaución y, sobre todo, por prolongar el gesto de acercamiento.

Mas en sus ojos pardos, llenos de un cielo extraño, que no era nuestro cielo, llenos de un cielo blanco, inexistente, había una alcoba de oro, como siempre, la alcoba de ternura, de tristeza, el interior más rubio de su alma, donde yo podía estar, donde había estado siempre, releyendo *La Divina Comedia* u otras cosas.

Eva, la meretriz, tenía una niña esbelta, de mi edad, que en el invierno (vino en seguida el invierno, como sobrevienen las cosas en la infancia, porque no las prevemos) llevaba un abriguito gris perla, con cuello de conejo u otro bicho, algo blanco, inocente, delgado y con ojitos que duplicaba la pureza de la niña, o que más bien era la serpiente de Eva (la niña también se llamaba Eva, y tenía una serpiente con piel de conejo:

la vida es cacofónica, tautológica y mala novelista), pues que ella, la niña, en seguida tentó mis castidades.

La bañaban desnuda en la cocina, en un balde muy grande, sentada primero, en pie después, entre su madre y otras meretrices, más las hijas de doña Patrocinio (no hay honra ni deshonra entre los pobres), y yo miraba por la cerradura, que cerraban la puerta, precaución que me venía a facilitar las cosas, ya que, con la puerta abierta, nadie habría podido plantarse descaradamente en el marco a mirar una niña desnuda, por otra parte, poco debía enamorar a viajantes de comercio, estudiantes tuberculosos, Sanalejos como el Portu o novios aguerridos de la pensionera guapa o tenida por tal.

Aquel cuerpo de niña, aquella desnudez, aquella gracia tenue, aquel sexo gracioso, de muñeca (quizá como el de la muñeca que rifaban en el tren), sin vello ni secreto, sólo una huchita infantil y muy abultada, todo aquello trastornó mi vida, y cuando ya le ponían a la niña la braguita azulina, me retiraba yo a hondos pasillos por no ser sorprendido y por llorar. Eva, la niña, me llevó de la mano por la ciudad tan clara y solitaria. Recorrimos las plazas medievales donde el motín callado de las piedras se hacía populoso, a mediodía, con la afluencia de otros empedrados, calles de espadachines, rúas como siglos. Recorrimos los hondos soportales, ingenuos en su olor a lúpulo, a buen vino despierto, a pimentón, a pimientos con cara de aldeanos. Recorrimos la parte nueva y ancha, un cielo de solares y de soles, el paseo peraltado del primer día, los paseos con condesas escarchadas de amor entre los parques, y tuve la experiencia, por primera vez, de recorrer el mundo cogido de otra mano de mujer que no era mi madre, que tampoco era la mano de otro chico, y esto me era muy grato, no me importaba nada, no veía, todo yo iba pendiente del contacto, la mano de la niña, ya todo yo era mano, y su voz, de la que sólo recogía la música, el perfume, mira el mercado viejo, mira el nuevo, eso es del Siglo de Oro, ¿has estudiado tú el Siglo de Oro, se estudia el Siglo de Oro en tu colegio?, hasta que en una plaza, sentados frente a la catedral, que iba entre nubes, Eva, la niña, me soltó la mano, tenía que comer pipas, giganteas, o arreglarse el conejo/serpiente en torno al cuello, o el gran lazo del pelo, rosa/mariposa, todo muy natural, y entonces comprendí (por abandono, ay, por abandono de ella, y no por conciencia mía) que estaba traicionando a mi mamá.

No la necesitaba, ya, para pisar el mundo, elíptico o redondo. No la echaba de menos desde días. Y me llené de culpa y maldad gótica, y la catedral toda, con sus monstruos, sus demonios con barba y sus culebras de piedra, se me erigió muy dentro, ahogándome.

Mi alma era ahora una catedral gótica, qué confusión de siglos pecadores, de monstruos no explicados, de ángeles condenados y demonios. El pecado es lo gótico. Yo tenía un alma gótica. Era otro.

Mamá estaba en su cuarto, en su habitación hermoseada sólo por el cielo de un blanco apenas azul, que se instalaba, en bloque, entre el balcón y el espejo. Mamá debía de estar un poco grave, y yo esto lo sabía o no lo sabía, pero lo que empezó siendo fruición de la distancia, como la reja que hay entre dos novios, era ya distracción, indiferencia, olvido, y me daban dinero para cromos, futbolistas de entonces, que intercambiaba en la gran plaza con el reloj enorme de las horas paradas.

Otras veces, me iba con mis monedas hasta el parque, me compraba un helado de verano, porque allí era verano, aunque fuese diciembre en la ciudad, y erraba por el nuevo astro ciudadano recién descubierto, como un hombre por la Luna, que trata de comportarse como aquí en la Tierra, y ya con eso está humanizando la fría roca de luz. Pero yo era culpable, no era un niño, no era un adolescente de pantalón bombacho (qué rasgado, qué viejo, qué tazado el elegante pantalón del viaje, con mi subirme a las traseras de los coches, a las tapias de ladrillo tenue, caí de coronilla a un solar profundo y me abrí la cabeza, mas en la Casa de Socorro salvaron al guerrero con sable de madera que era yo). Mamá recibía sus visitas, un carmelo de amigas, un mundo estrellado de distinguidas tuberculosas, de distinguidas por la tuberculosis, que abrían para ella el arca de sus dones cantábricos y tristes.

Lo que era prevención, distancia con los bacilos de mi madre, se fue haciendo costumbre, como siempre ocurre, y yo la necesitaba menos, o ella a mí, porque había encontrado la mano de Eva niña, como un loto amarillo de los que lucían bajo el hielo, en los estanques de mi ciudad, había cogido el loto con la mano.

Esto me hacía culpable, sí, me llenaba de culpa, mientras vivía el vacío de madre que se había producido entre ella y yo, o a mí me parecía, y la pasión horrible, pecadora, gótica, de comernos a medias un bocado de invierno, con Eva, cosa que sólo hacen los niños y los enamorados.

O me iba a la chopera, fin de todo, a mirar el balcón plateresco de Quevedo, me estaba horas y horas sentado en una piedra, entre los chopos del Bernesga, esperando la aparición del gran barroco, seguro de que una tarde, la primera, yo le había visto allí por un momento.

Hasta el anochecer, en que las sombras de los chopos, los chopos mismos se convertían en hombres, todo me daba miedo y un hombrón de helor subía del río, todo me daba frío y me iba a casa, a la oscura pensión, sucia y revuelta, entre la imagen no vista de Quevedo, polvo serán, mas polvo enamorado, la imagen ya perdida de mi madre y la imagen de Eva, la niña, que decidió llevarme a su colegio.

Son semanas de culpa.

La catedral, atrición, contrición, aflicción, de una Edad que va a olvidar a Dios, que se empecina ya en trasgos y diablos, la catedral, que se veía desde todas partes, era el gran monumento a mi pecado, mi pecado maldito y floreado, mi alma por fin flamígera, pero no de poesía, sino de mal.

Eva, la niña, borraba la culpa con más culpa, sin saberlo, convenció a nuestras madres y empezamos a ir juntos al colegio, a su colegio, cogidos de la mano, como siempre, pero al llegar allí nos separaban, las monjas se llevaban a la niña, otras monjas me llevaban a mí con otros chicos, y ya no la veía hasta la salida, cuando había recorrido yo todo el Antiguo Testamento (puntero de la monja, códice de grandes láminas), cuando había pasado yo por Sodoma y Gomorra, ciudades incenciadas, el sexo de los ángeles, la mujer de Lot, de sal y tan hermosa, con los pechos aún no salitrados, Adán y Eva, Eva rubia y distendida, no la Eva boscosa y oscura de la pensión, la madre de la niña (que decían había tenido a mi novia con un alemán, y de ahí la tan distinta tricomía de niña Eva).

No la veía ya hasta la salida, después de aquel viaje por el sol grande del Antiguo Testamento, un sol pululado de desnudos, y venía ella hacia mí, ligera, lista, ráfaga y germanía en su levedad, en sus ojos, su piel y su esbeltez, y no traía la pena católica, la culpa que a mí me emborronaba, sino que me llevaba hacia otras plazas, hacia días de mercado, aldeanas con las sayas de verdura, gallos con una gracia militar, niños que eran primos hermanos de los cerdos cegatosos que cuidaban. Y volvíamos a casa.

Hasta que una tarde niña Eva no esperó por mí, yo sí por ella, en vano, porque ya se había ido, y me pasaron horas en la acera, queriendo detener el tiempo y sus razones, regresé solo a casa con la desolación de comprobar que me sabía el camino. Ya era un hombre penado, la condena del cielo, un hombre solitario, pues tenía la intuición de que la niña se me había escapado. El mundo era una elipse, pero con dos vacíos en los polos: el vacío de la madre, el vacío de la novia. Di un largo rodeo por no ver la catedral, con su rosa de fuego, agujas de soberbia, columnatas/reptiles, gótico de pecados. Allí dentro había conocido yo, como un medieval, la profusión variante del pecado. Pecar —ay— es una riqueza.

El enriquecimiento del pecar. Me iba yo adentrando en mayores fardelerías de calle y anochecer. Tras lo de la tapia de ladrillo, el descrisme y la Casa de Socorro (con el sable de astilla hecho pedazos), fui a saltar una verja de lanzas y me quedé en un pico, colgado de la mejilla izquierda. Me descolgaron cuando la punta de la lanza iba hacia el ojo. Viajaba yo en el gasógeno de los automóviles, y así me lo dijo un día el primo Paulo, con su gravedad suave que me dejó perplejo:

—Te han visto en la trasera de mi coche requisado. Te estás haciendo tú un pillete, con la desgracia de tu madre.

Lo que pasaba es que a Eva, la meretriz, la habían despedido de la pensión, porque la policía anunciaba registro contra las meretrices, y se fue con la niña de la mano, niña que, por otra parte, debido a esa razón o a la que fuera, ya nunca iba al colegio ni preguntaba por mí ni me llevaba a pasear. Era yo un Werther de pantalón bombacho (y qué raído y roto el pantalón, según ya dije), y algo le había oído a mamá, en otro tiempo sobre Goethe y las afinidades electivas, de modo que ni Eva, ni la niña ni las esbeltas meretrices desganadas con quienes yo salía alguna noche a robar llamadores en casa de los ricos. Solo en la calle, sentado en la trasera de los frailes, sin decidirme a subir a casa, donde a mamá apenas podía verla, donde la niña Eva ya no estaba, llegó de pronto el burro del lechero, que era blanco y tranquilo, con albardas y cántaras, y que venía solo, cada noche, sabiéndose el camino, mientras el hombre de la leche subía y bajaba de los pisos.

Me fue fácil montar al animal, le gustó la ligereza de mi peso (acostumbrado, quizá, a las arrobas del lechero) y partimos al trote noche adentro, cruzamos la ciudad desnuda y clara, el coche del primo Paulo, que iba lleno de señoritas y canónigos, sonando la bocina, el paseo peraltado, el parque y sus condesas, los templetes de música y de frío, las estatuas de ademán patriótico, el plateresco en racha donde moría Quevedo, cruzamos la chopera, la tribu de gitanos, los altos barrios de la catedral, la catedral misma, monte gótico y negro, murciélago de piedra tapando todo el cielo, me sujetaba yo, abrazado, al cuello de la bestia, saltaba con su trote, que me daba en el culo duramente, y sonaban los cántaros a escándalo. Con los ojos cerrados, hecho un miedo, crucé franjas de noche; las fronteras del frío, sucesivas. Pero el burro se había detenido.

Abrí los ojos. Estábamos allí, a la puerta de casa. Tras su carrera alegre y peligrosa, el animal había vuelto a su camino, en busca de su amo. El lechero, ancho, confuso y quizá con gorra, me esperaba en la acera, amenazante. Salté al suelo, corrí, me persiguió, subí a casa en un rayo, llamé a la puerta con el corazón, vine a caer al borde de la madre, en la orilla tranquila de su lecho.

Al lechero, en el descansillo le daban razones las mujeres de la pensión, hasta que se fue.

Yo los ojos cerrados en la colcha, y habló mamá, la mano en mi cabeza:

—Te tengo abandonado, ya lo sé, yo no me encuentro bien, y temo contagiarte, pero estás en la calle a todas horas, te estás haciendo un golfo, no pareces mi niño, ya has crecido, ha dicho el primo Paulo que vamos a su casa, que ha pasado el peligro o que da igual, que esto no puede ser, allí esperaremos con dignidad, y la tía Socorro y las criadas se ocuparán de ti debidamente.

Su mano en mi cabeza, qué gran mano, sus uñas me rascaban muy despacio, uñas de ojiva, ¿tengo una madre gótica? Las madres han pecado, porque paren. Qué consuelo, qué vuelta de la calle, la aventura del burro, qué carrera final hacia una libertad que estaba aún muy lejos, en mi vida.

Al día siguiente hicieron el traslado. Dejé con alegría aquella pensión llena de gente, el estampado sepia del pasillo, la sombra de mi novia, niña Eva, perfume que aún me daba en la nariz cuando cogía mis libros escolares, tan confundidos con los suyos, por un breve tiempo. El Portu trabajó toda la tarde.

Casa de tía Socorro, chalet en la calle principal, piedra gris, alta balconería, oficina y jardín, un prado al fondo. En el prado, ovejas que pastaban sol y paz.

—Niño, deja ya las ovejas, que te llenan de garrapatas y no hay quien te las quite, anda, niño.

Me tendía yo en la hierba, entre las ovejas, descubría la inmensa paz de su mirada, la pureza del mundo, viva en los animales, sólo en ellos, la realidad de cada día descendiendo sobre la sintaxis de la vida. Improvisaba en mí el pastorcillo que no era, rascaba a las ovejas en la frente, les daba hierba en la mano, olvidaba mi libro, mi *Divina Comedia*, o mis *Guerras Carlistas*, o mi novela negra americana, hasta que, vuelto a la casa, me calmaba la visión de mamá en el piso alto, el balcón, alto y estrecho, al prado y las ovejas, un oreo de hijo solo, de dobles hijos solos, de enfermedad bien llevada, de ancianidad bien llevada, el tío Avelino, en su butaca, con la gran radio de redecilla (sedal de las noticias), dejando la nicotina del vivir, tan fumador, como un rastro de oro por la casa.

El tío Avelino, entre la radio y el sillón, tomando tras las comidas su mezcla de café y Anís del Mono, en zapatillas de esperar la muerte.

La tía Socorro, con tenacillas muy de madrugada,

probándolas primero en un periódico, y quemándose el pelo pese a todo, con olor de mañana chamuscada en su cuarto/retrete de arreglarse, orla de rizos, colorete caído, voz ronca y cariñosa, nariz judía, ojos negros y móviles, tan ojos, dentadura postiza, una sonrisa mate, simpatía de porcelana detrás de la cual, penosamente, se abre paso la simpatía real del corazón, del pecho y las encías. Siempre con delantales, cofias, rodillos, rodeada de gatos en la gran cocina, reunía pilas de duros y amadeos en salchichón de oro envuelto en papel de plata, por los armarios y los aparadores, hasta que se le olvidaba su tesoro, como en una avaricia corregida por la desmemoria, avaricia errante, sin lugar de origen ni destino.

La tía Socorro sacrificando pavos, gallos, conejos, dulces fieras domésticas, o palomas incluso, en navidades, o por el santo del primo Paulo, ahí la veía yo, ayudada de criadas, la mujer fuerte que era, hermana de mi abuela, esa dureza escriturística, contrarreformista, y tan cercana de la dureza de las protestantes: el cristianismo, un día, se monetizó en Europa, se hizo bien de este mundo, con la Reforma y la Contrarreforma, y dio mujeres secas, puritanas, solas, capaces de matar una liebre feliz de madrugada, con un golpe seguro de cuchillo, quizá como defensa y contención de las mujeres/sierpe de la catedral, de las mujeres góticas, de la aberración manierista, barroca, romántica, que había inundado el mundo de Evas grandes y chicas a partir de la catedral/murciélago donde yo me hice hombre, dejado de la mano de la niña, ganado para siempre por la causa del mundo, la culpa y sus variantes.

La tía Socorro, hablándole a mamá de mejorarse, sin dudar un momento de su cura, con optimismo natural, maduro, que era el revés extraño de su hermana, mi abuela cuspidal y siempre trágica. Todo está repartido con simetría triste, en esta vida. ¿Era mi abuela así por desgraciada o convocaba ella la desgracia? ¿Era la tía Socorro el optimismo porque tenía salchichones de oro en los armarios? Eso yo no lo sé, no lo sabía.

Pero mirando a la una, entendía mejor a la otra, y a la inversa.

La tía Socorro, que me ponía por las noches un pañuelo atado a la nuca, para sujetarme las orejas pegadas al cráneo.

—Pero si están pegadas, tía Socorro.

—Se os despegan a los niños, se os despegan. Y eso no se corrige de mayores. Ahora hay que prevenirlo.

Y dormía yo con el pañuelo innecesario, seguro de la simetría y colocación de mis orejas, pero arropado por esta abuela, más avarienta y más tierna que la otra (tan generosa y dura al mismo tiempo), sintiéndome seguro con su ligadura de pañuelo. Iba maniatando, quizá, los pensamientos golfos del chico de las verjas y traseras, el del sable de astilla, la cabeza partida, la mejilla rota, a quien se apareció Quevedo platceresco una primera tarde nunca vista.

La tía Socorro, de lunarcitos, luto, encaje, anís, y el parchís que jugaba por las tardes, en el calor del brasero, la chimenea y la calefacción, todos ahogados, añorando yo el frío, la libertad, la calle, la visita a Quevedo, el encuentro con Eva, aún más imposible que el barroco. Tiraba de mí el golfo, como si me esperase el burro del lechero, cada atardecer, y el primo Paulo, cansado de hacer cuentas, se pegaba al cristal, tras los visillos, para mirar la calle principal, se estremecía un momento, oyendo la bocina de su coche, y fumaba despacio, recio y solo, hasta ver el Ford T, cargado de beatas o de víveres.

Todos se indignaban un poco, conocían la bocina, comentaban, y el primo Paulo, que no decía nada, era el que crudamente, duramente, pegado a aquel cristal, entre visillos, fumaba su fracaso, el fracaso de la mujer que amaba muy en silencio, mi mamá, la política rota por un sable (y no de astilla).

La tía Socorro no salía de casa. Ordenaba criadas, regía los desvanes, era, ya digo, como el revés alegre de la abuela, bajaba al prado a hablar con las ovejas:

—Las garrapatas, niño, te van a chupar la sangre las garrapatas. Deja ya las ovejas, hijo, anda.

Yo no distinguía muy bien entre garrapata y sanguijuela, de modo que me hubiera gustado que una tribu de bichos, hormigueante, me chupase la sangre, pues suponía a mamá víctima de eso, pálida del chupar de garrapatas, que llamaba bacilos el médico alemán que la atendía.

(Y que también la amaba, por lo visto.)

¿Y si todos la amaban? Yo era el húsar de sangre, reencarnado al otro lado del espejo, al otro extremo de la elipse, que un día, con mi espada de cajón de vino, vengaría tanto amor sobre mi madre. ¿Pero el amor se venga, hay que vengarlo?

La tía Socorro se lo decía a mamá:

—Y bajarás al prado, con el niño, te pondremos la hamaca y verás qué buen sol, y las ovejas.

Pero mamá esperaba, para eso, el dictamen del médico alemán, al que yo, húsar de sangre (había sangrado mucho mi cabeza, y la mejilla izquierda, cuando la verja), remiraba. Fueron tiempos felices, lentos días.

Sólo aquel bocinazo del Ford T que le habían requisado al primo Paulo sonaba en la comida o en la cena. Quizá lo hacían por eso, para cogerle en casa y provocarle. Primo Paulo callaba y seguíamos la sopa, ya más tristes, con angina/bocina de amenaza en el pecho plural de la familia.

El alto palomar de tía Socorro, la garita azul de las palomas, aquel sitio adonde subíamos, las criadas y yo, para buscar un pájaro, un pichón, y a mí no me gustaba que muriese. El Portu le hacía recados a primo Paulo.

Subía yo con una criada, pasábamos de la escalera dorada y con alfombra a una escalerilla de maderas pintadas, despintadas, con algo como náutico o así. Detrás de la criada, le veía yo las piernas, le miraba la desnudez crudiza de la pantorrilla, y me sentía culpable ¿por qué culpable?, porque íbamos a asesinar una paloma.

El sexo es asesinar una paloma.

Recuerdo una criada, varias, no sé, confundo a las más jóvenes, sé de alguna que me decía, anda, sube delante, que me miras los muslos, no soy tonta, y me daba vergüenza, muchísima vergüenza que hablase de los muslos, de sus muslos, aquella montañesa montaraz, porque, aunque yo nada había visto, ya la sola palabra, dicha por ella y referida a ella, desnudaba dos muslos como playas, dos claridades grandes y deseantes, dos penínsulas gratas del total cuerpo femenino.

Había traicionado a mamá con la niña Eva y ahora traicionaba a la niña Eva con una criada sin nombre, pero una culpa iba borrando otra, sólo eso, y ya no pensaba en ninguna, sino en que quizá el desorden es la geometría de una vida (esto me parece que más bien lo pienso ahora) y que el alto palomar, con palomas volando entre la sombra, como si les costase desplazar sombra espesa con las alas, era un sitio muy estrecho, vagamente azul, con la luz del ventano allá en lo alto, ventano al que un día me asomé, aupado por la chica, la criada, para ver el tejado, la armonía de las tejas del chalet, bajando en rampa, eso en lo que nunca se piensa cuando se está debajo, tan caliente, y el musgo, o lo que fuese, que crecía entre las hileras de tejas, y el canalón que recorría los bordes de la casa, por recoger el agua de la lluvia, para verterla luego por el otro canalón, vertical, hasta la boca triste que hace un charco en el suelo. Vi las casas de enfrente, con buhardillas también, sin palomares, el sol de la ciudad, en su franja más alta, un ángel que pasaba deshilachado en nube. Y me bajé.

Era un crimen siniestro, sucio, triste, aquella persecución de la paloma o lo que fuese, la mano de vieja o de criada que hacía presa en el copo de blancura, el retemblor de tronos y dominaciones que llenaba el palomar, como un Apocalipsis, el miedo de las aves, la risa de las mozas, la sangre prematura, mi asco, mi asco. Ya no deseaba a la chica del campo o la montaña, sus piernas de aguerrida desnudez, su cara de manzana muy expresiva, de cosa frutal y locuaz.

Había un asesinato en las alturas.

Y comíamos paloma a mediodía, el tío Avelino muy gustosamente, chupando huesecillos con su ruido, la tía Socorro como con desgana, el primo Paulo calibrando en silencio aquel guisado, mi madre con la falta de entusiasmo de los enfermos, heroicamente, como si hubiera de comerse el cadáver de un náufrago, completo. Yo, olvidado ya, seguramente, del crimen matinal del palomar.

Una criada, varias, no sé, se me funden en una, el tiempo, el tiempo, o quizá la confusión del pueblo, pese a todo, no acabamos de distinguir a un obrero de otro, éramos señoritos, y si éramos señoritos ¿por qué le requisaban el Ford T al primo Paulo, por qué andaba mamá medio escondida?

El sexo es asesinar una paloma y la política es requisarle su coche al enemigo.

Una criada, varias, ya no sé, jugábamos un poco entre palomas, nos dábamos de topes en lo estrecho, ellas estaban blandas, duras al mismo tiempo, yo me ponía febril, hasta dónde podría llegar aquello, y cómo podía desear, como a una madre, aquella asesina que había estrangulado una paloma. O bajaban el ave contra el pecho, haciéndole cariños por calmarla, y esto me daba rabia, repugnancia, llevaban aquel bicho a la cocina, un cuchillo esperaba a la víctima con la luz matinal en su gran filo. Por qué provocar sangre inútilmente.

Se merecen, me dije, que les quiten el coche los canónigos.

Cuerpo de mujer grande, roce inmenso, la criada, en el breve palomar, era como una diosa de estropajo, topaba el ventanuco, todo el cielo, con su moño abundante de aldeana. Yo las deseaba, yo las deseaba, y ellas me hacían cosquillas, me tocaban, me pedían que les ayudase en la caza tan vil de la paloma.

Hasta llegué a ser cómplice, qué asco, en la caza del ave. ¿Por qué no se volaban hasta el cielo? Había una tela de alambre por delante, una puertecilla para cerrar el palomar, la cárcel, una invisible red, llena de mierda blanca de paloma, llena de mierda seca. Estaban las palomas como Quevedo allá en su plateresco. Palomares del pecho del gran clásico, sangre de ave barroca por su celda. Me prometía ir a la tarde, esperar hasta verle, como entonces.

Una mañana, estábamos en el prado con las ovejas, detrás de la casa, mamá en la tumbona, leyendo *La tía Tula* de don Miguel de Unamuno, la tía Socorro hablando con el rebaño, yo tumbado en la hierba, leyendo *La Divina Comedia*, o mejor mirando los dibujos de Durero, aquellos abismos que daban a otros abismos, aquella mitología de nubes por donde pasaban pájaros de tinta, Dante y Virgilio, muy compuestos de túnica, asomados al *Infierno* como a una churrería muy alborotada, y en esto que la bocina del Ford T. Nos quedamos tensos un momento.

¿Dónde estaría primo Paulo? Ojalá que no oyese el

bocinazo, que era cada vez más fuerte, más alegre y cercano. Tía Socorro comprendió la primera:

—¡Si es mi hijo que viene con el coche!

Y se lo decía como a las ovejas.

Salieron las criadas a abrir la gran cancela; salió la tía Socorro, salí yo, y en efecto, allí estaba primo Paulo, con el cigarrillo en la boca, quizá por impedir la sonrisa, al volante del Ford, lavado y negro.

La tía Socorro metía la cabeza por la ventanilla para abrazar a su hijo. Él abrió la puerta de atrás para que entrásemos. Nos sentamos en lo hondo del Ford T, mullido, profundísimo con olor como a guante y a viaje, y así hicimos el corto recorrido (qué inolvidable sonido de la grava bajo las ruedas lentas, majestuosas, como el susurro mismo del jardín: que ha traído ya el Ford T, que ha traído ya el Ford T). Un mundo de criadas venía en torno del coche, nos saludaba como a recién llegados.

Primo Paulo dejó el coche, con un suave viraje (como un templo que rodase) junto a mamá incorporada en la tumbona. Primo Paulo se bajó y abrió todas las puertas, como ofreciéndole una carroza a la prima que amaba.

—Me llamaron esta mañana, muy temprano, cuando me estaba afeitando —se afeitaba con jabón y una navaja del siglo pasado la barba de piedra gótica—, y no quise despertaros. Que me pasase a por el coche.

—Hijo, hijo... —decía la tía Socorro.

—He firmado un papel, no sé por qué, y lo primero me he llevado el coche al taller, para que le quitasen el olor a cura.

—No seas Satanás, que Dios nos devuelve el auto —le reprendía tía Socorro.

—Y también para que le dieran un repaso, que estos fascistas nunca se sabe. Aquí lo tienes: pasearemos con él hasta las aguas. No te vas a estar siempre en la tumbona.

Se lo ofrecía a mamá. «Las aguas» eran los depósitos cuadrilongos que él, como ingeniero o lo que fuese, controlaba. Primo Paulo tenía cogida a su madre por los hombros, y la otra mano en mi cabeza (no recuerdo si el tío Avelino había muerto ya, por entonces, o estaba durmiendo toda la mañana: la muerte y el sueño se diferencian mal en los viejos). Primo Paulo y mi madre se miraban: ella con la ternura dispensadora de no poder amarle. Él con el color nicotina de sus ojos claros, satisfecho, sin duda, de poder ofrecerle a ella algo que no era pecado ni escándalo ni profanación. Dante y Virgilio paseaban el *Infierno* y nuestro jardín, entre la égloga de las ovejas. Eran dos sombras claras en lo oscuro.

Yo me subí al Ford T, di saltos con el culo en los asientos (como cuando había montado el burro del lechero), subí y bajé las ventanillas, que tenían manivela silenciosa: el cristal, al subir, guillotinaba el aire blandamente. Delante de los mandos, miré todo despacio, aprendí de memoria palabras en inglés que no entendía, sobé mucho el volante, su gran circunferencia, la solidez, la ligereza, la levedad de aquella hermosa rueda.

—Ya no tendrás que subirte al gasógeno —me dijo primo Paulo, con su reminiscencia de reproche.

El coche ya no tenía gasógeno. Yo me agaché a mirar una palanca, por pasar la vergüenza. Olía a primo Paulo, a tabaco estilizado por el tiempo, a gravedad de hombre, a cuero usado y bueno. Comprendí, de repente, que la verdad del primo Paulo estaba allí, en aquel automóvil, como un día había descubierto la verdad de mi madre dentro del armario, entre su ropa. Comprendí que el alma, eso que no existe, el halo de una vida, el perfume de nuestros actos, no se aloja en nosotros, sino que hace su nido en algún sitio que hay que descubrir para conocer de verdad a la persona. Tío Avelino era un sillón. Tía Socorro era una cocina de baldosas blancas y un olor a papel recalentado por las tenacillas. Mamá era aquel armario tan lejano, con el Byron de sangre y la seda y las pieles. Primo Paulo era su coche.

Quevedo era la fachada de su cárcel. Verso y prosa de piedra bien rimada, todo entre la chopera y el crepúsculo. ¿Y yo qué era, quién era? El adolescente no tiene identidad y eso le avergüenza como ir con la cabeza en la mano. Yo ni siquiera sabía que era un adolescente.

Un día, en efecto, primo Paulo nos llevó a ver las aguas. Mamá iba a su lado, adelante, vestida con una elegancia —ay— que era ya de otro tiempo, de otra era, porque había pasado —quizá, yo qué sé— una guerra, y las mujeres se visten de otra forma después de una guerra.

Mamá había paseado el prado de las ovejas del brazo de tía Socorro, de mi brazo, elegante como para una boda, como para un baile en el Ritz, de aquellos de sus tiempos, pero temblorosa de convalecencia. Mamá había paseado con las ovejas, del brazo del primo Paulo, pero no había nada entre ellos, y él se mantenía escueto, y ella atenta a sus pies, como si la sierpe de la enfermedad se le pudiera subir por las hermosas piernas de seda, cuando tan embarroquizada al alma la llevaba. Les veía yo, entonces, desde alguna ventana, y en lugar de celos me venía la nostalgia, una nostalgia rara de que no se quisieran, de que ella no le amase, de que el primo Paulo no fuese algo más que primo Paulo.

Porque, entre el húsar de sangre, el Byron dibujado y el preso de Ocaña, de Chinchilla, de donde fuera (le cambiaban de cárceles), yo no tenía un padre. El húsar del armario era lo absolutamente misterioso, lo inexistente detrás del armario, y el primo Paulo era lo absolutamente claro, concreto, limpio, duro, frío, seco, confortable. Algo que yo podía entender y admirar perfectamente: un hombre.

(Pero yo, como mamá, tendía ya hacia húsares de sangre, espejos con secreto, niñas góticas con madre meretriz, y sin saberlo.)

Primo Paulo/húsar de sangre. Los dos polos paternos de mi vida. La elipse kepleriana del viaje. Mi vida había sido una circunferencia con una madre en el centro. Mi vida era ya una elipse con dos astros masculinos —uno de luz, otro de sombra— en torno de los cuales viajaba en tercera mi orfandad.

Yo iba en el asiento de atrás, con tía Socorro. (El tío

Avelino, sin duda, debía de estar ya muerto.) Primo Paulo conducía con seguridad y suavidad. Estrenábamos coche, estrenábamos libertad. Atrás quedaban, siquiera por una tarde, las fiestas de canónigos y putas. Por el prado trasero de la casa había comprendido yo que estábamos en otro mundo, en otra tierra, que aquel prado no era sino la carta de una geografía verde que nos reclamaba. Y ahora viajábamos por esa geografía, viendo venir lo verde como una invasión dulce de hulanos, las selvas en descenso desde la Europa de mi mapamundi, quizá.

Mamá y el primo Paulo iban en silencio. Él no fumaba por cuido de los pulmones de mi madre, y quizá eso le obligaba a un esfuerzo que resolvía en mayor mutismo. Ella, de vez en cuando, reclinaba la cabeza en el respaldo, tan redondo, y su melena crecida en la enfermedad (cuánto más hermosa, nueva, mía y fragante que la melena breve de otros tiempos) perfumaba con una fina música de reclusión, que se iba haciendo selvática para mi nariz, todo el fondo del coche.

La tía Socorro comentaba cosas del paisaje, cómo ha cambiado esto, está muy hermoso el tiempo, pero se nota ya que viene octubre, y nadie respondía a sus palabras. Llegamos a las aguas, reducto de silencio, el cielo cuadrilongo que ya he dicho, algo de cementerio limpio del cadáver del agua, en una cumbre. No lo sé.

Parado el coche junto a una casa de peonaje, giradas verjas como de cementerio, sí (puede que hubiera algún ciprés), el primo Paulo hablaba con los guardas, hombres de un uniforme como forestal.

Luego paseamos lentamente hacia los depósitos. Sentados en la orilla de un gran embalse rectangular, me vino ese olor de serpiente profunda que tiene el agua encerrada. Y me vino el recuerdo de aquellas excursiones, las tardes del canal, la presa y el molino, y la mancha de moras, y miré a mamá, vertiginoso, y la vi como entonces, aún más bella, con su melena de color piano, y busqué en su vestido, ya no blanco, una mancha de moras, y comprendí que la mancha estaba dentro, sobre el pulmón, profunda, anagrama de sangre, insulto juvenil de la AEG, lanzazo de la revolución industrial en su costado, lanzazo de lanzadera, tuve miedo.

Primo Paulo, por fumar un poco, se había alejado, como señor que era de las aguas, sabiéndolas seguras y tranquilas, como un harén de aguas que tuviese, él, tan casto y tan solo. La tía Socorro contaba historias viejas del servicio de aguas a la ciudad. Mamá, sentada al borde, se inclinó un poco, sujeta a mí, metió una mano en el agua, agitó puerilmente el bloque inmenso y quieto de agua verde. En el mármol del agua veteada quedó el rastro ligero de sus dedos.

La noche y el agua, como dos grandes criaturas incorporadas y desconocidas, se encontraban por sobre nuestras cabezas. Había un cerco de selvas y un horizonte malva de montañas. Un instante de angustia en la cárcel del agua.

Primo Paulo se repartía el tabaco con el guarda y hablaban de las cosas del servicio. Conversaban del agua como de un rebaño. El agua se había portado bien o mal. Esta conversación, palabras en la sombra, no entendidas, nos alivió a los tres. Nos pusimos en pie. Miré a mamá sus ojos, llenos de un oro pardo, más la serpiente de agua allá en el fondo de la pupila. Pensé en el primo Paulo, tan cercano. No le ama, no le ama, me dije casi a gritos silenciosos.

Y me sentí feliz, contradictorio.

LIBRO TERCERO

LIBRO TERCERO

La nada aureola a lo que existe.

BAUDELAIRE

La habitación de mamá, la habitación de mamá, ya estábamos de vuelta (el Portu se había quedado de encomendero o capataz con primo Paulo), el cuarto de mamá, la cama de maderas familiares, el gran armario con el gran espejo (adentro, el repertorio de las madres; ¿seguiría allí el húsar muerto?, no me atrevía a mirar), el Leonardo, hierático, sin mueca, el paisaje en huida de las butacas (el tiempo se había llevado lo verde), la caediza parra virgen, lluvia en el mirador, como una escritura incesante e innecesaria que quizá relataba nuestra historia, todo era más pequeño, casi pobre, y lo mismo la casa, y la ciudad, como si un incendio o una plaga (el tiempo es un incendio y una plaga) hubiese pasado por las casas y las calles, dejando ahumado el rostro de los días, heridos los tejados, y todo más pequeño dentro del catalejo del pasado.

Tristeza del retorno, triste comprobación de que éramos casi pobres (y no me refiero a los malos avatares de la familia, ay, tan ciertos), de que todo era menos, y mamá en su gran cama y no sé si la abuela y no sé dónde. Allá en la otra ciudad (qué fatiga, vivir en elipse) quedaba don Francisco de Quevedo, en celda plateresca, frente a choperas y robledales, quedaba niña Eva, perdida para siempre, de la mano anillada y ofidia de su madre, entre pensiones cada vez más negras, quedaba la catedral, el murciélago gótico de piedra, la gran sombra de pájaro del tamaño del cielo. Quedaba tía Socorro, asesinando palomas, dialogando con las ovejas, quedaba primo Paulo, jugando al póquer toda la noche, fumando y trabajando todo el día, viajando en su Ford T a mirar las aguas, el monstruo de aquel monte, el agua verde, el dragón que sólo él amansaba, pensando quizá en mi madre, o en venirse a los toros en verano.

Tras unos días de cama y de descanso, mi madre decidió volver a la oficina, y me llevó con ella, se cogió de mi brazo (yo había crecido mucho), vivimos dentro de un mismo paraguas, cruzamos climas duros y diversos, la nieve como fiesta del invierno, la lluvia como piano callejero, el viento, con ese aspecto que toma de Destino, soplando fuerte contra nuestro pecho, contra nuestro paraguas. Ella no tenía que enfriarse, llevaba abrigo oscuro, entallado, por las rodillas, con cuello de piel negra, muy suave, se tapaba la boca con bocado de seda, yo seguía de bombacho, y pasábamos los barrios de siempre, las guadamacilerías donde sonaba noviembre, las platerías sin plata, clausuradas, el bosque de los arces que no había, todo un pasado de perfumerías, tiendas de ropa hecha, comestibles, las tabernas con hombres triangulares mirándole a mi madre aquellas piernas (dos botas hasta el tobillo, con reborde de piel y tacón alto: andaba ella por los treinta y tantos), hasta llegar a su oficina, ya sin sol de victoria en los vitrales, hacia una puerta secundaria, oscura, con altas escaleras que subíamos despacio, piedra como de iglesia, tristeza burocrática: era una segregada, una enemiga, se le concedía un puesto, se le concedía un sueldo y nada más.

Temía yo ver la oficina triste, el rincón esmerilado de tristeza, la luz de atrás que le hubieran destinado. Y ella sabía esto (ella lo sabía todo), o sentía vergüenza, o miedo de mi llanto, y evitaba llevarme al negociado.

—Me esperas en la biblioteca, ahí estudiando o leyendo. Bajaré hacia las dos.

En la primera planta había una biblioteca pública. Y allí nos despedíamos, en el pasillo lóbrego, ella con su paraguas cerrado (o me lo daba a mí) y sus pasos de gracia amortiguada. Ella hacia su destierro burocrático. Yo hacia la biblioteca (para qué los colegios chorreantes de sangre sacratísima, sagrados corazones de caídos), y en la biblioteca pública se estaba bien, era un amplio salón partido en varios, la madera encerada, ancha como la de casa, más oscura, la Alejandría grata de los libros, detrás de su alambrera, todos con su etiqueta, el fichero deslizante, metálico, donde buscar un libro por su signatura.

Había niños y viejos, y bellas estudiantes y algún piernas que se veía que había llegado allí por el calor, huyendo del desprecio en los mercados. Yo sabía comportarme, me sentía seguro entre los libros, aquello era otra herencia de mi madre; en un tiempo, ella tuviera autoridad sobre esto, y me sentía tentado de decírselo a los hombres miopes de mandil azul, a la bibliotecaria hecha de carne de rana, pero sabía que era mejor callar, pasar anónimo, porque éramos malditos, mal vistos, perdedores. Bajo el doble encantamiento de los libros y el calor, el encanto secreto de saber que aquello también era mi madre, ella lo había creado en parte, estaba yo en lo nuestro, y llenaba una ficha muy despacio, seguro de que el libro que pedía era un rectángulo de mi futuro anticipado.

En aquella biblioteca leí a Bertoldo, Bertoldino y Cacaseno, que no me hacían gracia, pero yo me forzaba a que me la hicieran, pues oficialmente eran muy divertidos entre los niños de mi generación (que ya no éramos nada niños). En aquella biblioteca leí a Salgari, que oficialmente era la pasión de nuestra adolescencia, pero que a mí no me apasionaba nada. Nunca me ha ido la gracia de los bufones ni la estética de los piratas.

En aquella biblioteca descubrí a Harry Stephen Keller, autor de novelas científico/policíacas como *Noches de ladrones*, que me fascinó. En aquella biblioteca descubrí el único ejemplar (perdido, postergado, embozado en una encuadernación rara) del *Romancero gitano*, con la página de «La casada infiel» arrancada/expurgada, y comprendí que si podía escribirse que «el coñac de las botellas se disfrazó de noviembre», yo podía ser escritor. En aquella biblioteca descubrí el primer *Cántico* de Jorge Guillén, que me llenó de claridad y de una como geometría interior, aunque lo que más se me quedaba del poeta intelectual era lo menos intelectual, lo más barroco: en el asfalto brillante de lluvia lucían «óperas de incógnito». Las óperas de incógnito enterradas bajo el asfalto llovido y granciudadano, el coñac disfrazado/embozado de noviembre dentro de su botella, el dinamismo de las cosas, el devenir del tiempo dentro de una elipse incesante, eso era mi concepción del mundo y, sobre todo, mi concepción de la escritura. Por ahí iba yo viendo ya un camino.

En aquella biblioteca estudié la historia del café y los cafetales, las expediciones de Orellana, el inglés, el francés y el latín (sin enterarme de nada), la novela de los Habsburgo, que son una novela enlutada y trágica, y la aparición del gótico, que me interesó mucho como cosa propia, pues que me remitía a la niña Eva, a mi primera culpa, a la catedral/murciélago del otro lado de la elipse.

El gótico, como había yo temido/sospechado, era una especie de rebelión de los sentidos contra la estameña medieval y la geometría clásica.

Una vez que el hombre es expulsado del Paraíso, el Paraíso vuelve al hombre, emigra en su busca y se le mete dentro con sus serpientes, sus mujeres desnudas, sus manzanas putas, sus especies y sus especias, sus árboles sombrosos de Bien y Mal. Y el hombre pinta todo eso, lo esculpe, lo fija, como en una confesión en piedra, porque es lo que lleva dentro, hasta quedar confundido y fundido con el material de las grandes catedrales, así el cantero anónimo (Rilke, de quien sólo entendí esta imagen en la biblioteca).

Me parecía, haciendo ensayismo adolescente de memoria, que algo así había ocurrido dentro de mí, que Eva y su niña, Byron y el húsar de sangre, la enfermedad de mi madre y el viaje me habían expulsado del paraíso de Felipe y sus perros dominicales, y, ahora, todo ese mundo de inocencia perdido con la guerra o lo que fuese, volvía a mi interior, pero metamorfoseado ya por la culpa, estilizado y gótico, como el Paraíso Terrenal vuelve, ya sin inocencia, a anidar en el hombre.

Me sentía muy escritor en aquella biblioteca, sobre todo porque la calefacción estaba fuerte y se veía nevar afuera, por el gran ventanal.

Lo gótico parece que degeneró en manierista, por exceso de *maniera* o manera, por exceso de mano, cuando ya el hombre no llevaba el Paraíso en el pecho, sino que más bien se lo inventaba. Lo forzaba o fingía.

Y también me gustaba mucho el manierismo, aquella perversión que era una perfección, perfección/perversión, y pedía los libros de láminas, mejor que los de texto, porque yo también iba creyendo en la *maniera*, en los hallazgos del estilo (como los hallazgos de la rima, en los poetas), y porque si la vida era una elipse y el tiempo una guerra y la política la tisis de mi madre, y mi padre un preso de Ocaña o un húsar de sangre, y Byron un dibujo no logrado, y el Ford T de primo Paulo se lo podía llevar cualquiera, lo mejor iba a ser, en la vida, refugiarse en un modo, en un estilo, en un arte, como en aquella biblioteca pública y bien calefactada, con los libros sujetos por alambradas para que no nos devorase el motín de las bibliotecas.

Después, el manierismo se hincha, se hace barroco, exagera la vida y las palabras, y en la exageración está la gracia, porque si no se dice más de lo que se dice, no se ha dicho nada. Los pechos barrocos de los libros de desnudos que yo pedía (y que el miope del mandil me entregaba no sin reticencia), eran pechos más que lactantes, aunque fueran los de la Virgen, eran ya otra cosa, la metáfora de un pecho, eran un reborde que le salía a la vida, otra manera de salvarse de la tristeza cotidiana: madre enferma en oficina triste, calles con nieve y barro, una guerra perdida, un muerto en el armario.

Salvarse por el exceso, salvarse en el exceso.

Así me iba haciendo escritor.

Y cuando el barroco es ya rococó, Churriguera, viruta del vivir, como yo lo había visto en la sillería de coro de San Benito o en el museo de San Gregorio, aquello, más que una huida, es ya un éxtasis. Bosques de tinta china, vientos de fino trazo caligráfico, como los había visto en la Casa de Zorrilla: Romanticismo. La línea venía clara de lo gótico a lo romántico (y seguía, quizá, entre óperas de incógnito y botellas disfrazadas de noviembre). Literatura dentro de la literatura. Espiral hacia adentro o círculos concéntricos para salvarse de la calle con nieve, de la vida y sus mercados.

Mucho antes de las dos, devolvía yo mi libro, gran

enciclopedia, tomito de poemas, lo que fuese, y me iba hasta el pasillo a esperar a mamá.

A las dos en punto cerraban la biblioteca, pero había un rebullir del silencio, desde media hora antes, un cambiar el guardapolvo azul por la chaqueta, en los empleados, y todo tomaba un aire de oficina, un feo aspecto de ganas de comer, los parias y los piernas preferían volver a la calle a luchar con el frío, a conseguir comida en la cola y la escudilla de los cuarteles, los viejos jubilados habían matado la mañana sin molestar en casa, y las jóvenes estudiantes recogían sus notas sin mirarme —ay—, que sin duda las esperaba un novio en una esquina.

Había que irse antes de las palmadas humillantes que convertían aquello en un café y avisaban el «vamos a cerrar».

Por el largo pasillo, baldosas en rombo, de un marrón penitente o un blanco muy pisado, iba yo y venía, meditando lo leído en la mañana, pasando por ventanas interiores que daban a los patios y las lucernas oficiales, aquel techo de cristal, cúpula de la burocracia, visto desde arriba, todo de un polvo antiguo, un cielo triste, allí caído para siempre, como pájaro muerto o ángel de los burócratas.

Media hora paseando.

A lo lejos adivinaba las pisadas de mamá, que venía sofocada de trabajo o de calor o de fiebre, o que venía tranquila, sonriente, reconciliada quizá con la desgracia.

—¿Has estudiado mucho, qué has leído?, aprovéchame el tiempo, lee, lee, ahí todavía se encuentran cosas, lo aprovisionamos bien, cuando pudimos, me contarás en casa qué has leído, qué manía con el gótico y lo lírico, lee también otras cosas, san Agustín es lúcido, aunque sea un santo, dime qué es lo que falta, habrán expurgado tantos libros, pero te dejo libre de elegir, lee lo que más te guste. Es lo que más aprovecha.

O la tristeza, el silencio, la humillación, el miedo. Se cogía de mi brazo, silenciosa, y yo no preguntaba. Bajábamos despacio hasta la calle.

Ella iba muy erguida, yo llevaba el paraguas, o sus libros y cuadernos, en la mano, y otra vez la ciudad, tan conocida, que tanto nos conocía, camino de retorno, qué le habría pasado, qué hondas humillaciones, qué le habrían dicho. Y recordaba yo nuestros paseos, cuando niño, cuando ella iba de blanco por la calle, cuando tenía la vida pegada a su vestido.

En las épocas malas, si se sentía floja de salud, íbamos y veníamos en un taxi, tenía yo ya el coche preparado, era mucho dinero, más de lo que podíamos pagar, y quizá por eso también la odiaban, lo veían como un lujo, una provocación, una distancia, y sé que había ojos pequeños, luces de pupila roja, mirando desde el fondo de las fruterías, de algunas tiendas con olor a podrido y a manigua con muertos.

No querían decirse, sencillamente, que ella estaba enferma, que la habían herido desde muy niña, que llevaba una mancha de moras en el pulmón, una señal de sangre a simple vista. La odiaban, sí, la odiaban: había un fondo de ciudad, un trasfondo beato, una confidencia apestada de rejería de confesonario, la memoria mezquina y colectiva, la avilantez de quienes, no habiendo sabido optar por los vindicadores de su mediocridad, sino por sus verdugos paternales, temían de ella la luz, la audacia, la verdad, el grito. Y la veían vencida y no reían, sino que esto les inquietaba más porque triunfando no habían logrado nada, no llegaban a sentirse superiores. Si habían herido a la mujer/metáfora, y ella, a pesar de todo, caminaba muy erguida, y ellos no vivían por dentro su victoria, como una fruición, ¿qué es lo que había que hacer?

Es cuando el odio mata, no por nada, sino porque ya no le queda otra salida. La caída del contrario (que no lo era, que no quería serlo) no les ha dado condición de héroes. Ya se saben mediocres sin remedio.

Y entonces matan, se suicidan en el enemigo.

Puertas que se entornaban, cuarterones de odio, nuestro paso en la calle, amistosos saludos reticentes o el silencio caudal de los portales.

Era casi mejor ir y venir en taxi, no sólo por el cansancio de ella, sino por el invierno de odio que envolvía la ciudad como su niebla.

Y comprendí ya entonces que, un día u otro, seríamos desgraciados para siempre. Que tenía yo más madre que nadie. Pero que iba a perderla de algún modo. Y mis literaturas (y las suyas) eran mis armas ya para el futuro.

Llegábamos a casa y se tendía en la cama, derribándose el cielo con su cuerpo. Yo le quitaba los zapatos. Luego venían criadas a traerle la comida. No comía. No me atrevía yo a preguntar nada.

—Come tú, hijo, que tendrás más gana.

Al fin, medio desnuda, con la combinación negra y poco más, se metía en la cama para toda la tarde. Nos dábamos un beso. Yo no sé si dormía o meditaba.

Me quedaba leyendo junto al mirador, y en un cielo de nieve había resplandor rojo, parra virgen, y a esa luz aprendía mis lecciones, repasaba las notas tomadas en la biblioteca, por si luego, ella despierta, me preguntaba algo, charlábamos de lo que había leído yo durante la mañana.

Mi madre en su silencio, inexistente. El Leonardo sin mueca, quieto, lloroso de las lágrimas del vidrio. Y la caja de Félix, tan fea, que ahora ya le iba bien a nuestro estado. Era el lujo indeseable de la adversidad.

Entre el mirador y el armario de luna, un conversar de tardes y de cielos, como un coloquio mudo de dos luces. A aquellos resplandores leía yo, o meditaba.

Tenía frío en el mirador, pero no quería irme. Vigilaba el descanso de mi madre. Un día abriré el armario, me decía a mí mismo, y la encontraré, fresca, en sus vestidos. Pero el húsar de sangre, negro Byron. ¿Cuándo vuelve mi padre a matar al muerto del armario? ¿Es el armario su prisión de Ocaña, es él mi padre?

Sonaban las campanas de la iglesia y san Alejo, el Portu o quien fuese, rezaba en su escondrijo de mendigo.

El barroco jesuita, las palmeras, tan tristes en Castilla, tan de cartón, aunque fueran reales, el paso negro de los automóviles eclesiásticos, llenos del silencio de Dios, los diáconos y subdiáconos, con su modesta diligencia, veloces en su humildad, eficaces en su poquedad, todo un vaticanismo provinciano de oros mentidos y colores cansados, como una Guardia Suiza en huelga de hambre, más el jardín no visto y misterioso, pavos reales siempre por las tapias, graznando, gritando, protestando de algo en el crepúsculo, dormidos o acuchillados por el frío en aquella hora matinal de frondor enerizo.

—¿Tienen pedida hora?

—Sí, por carta.

El cerco de silencio, o la salpicadura del almagre, eran ya insoportables en torno de mi madre, el hierro anónimo del rencor o la codicia, el silencio insultante de las oficinas, o las cartas que llegaban a casa, y, sobre todo, la venganza que se ejercía en nuestras criadas, servís a esos traidores, servís a esos ateos, a esa gente, le servís a esa puta y a la vieja, que está loca, no perdonaba el pueblo, en sus barrios de trenes insolentes, por donde cruzaban los grandes expresos europeos, con la gente almorzando en el vagón restaurante, entre un paisaje de chabolas, no perdonaba el pueblo, envilecido por la guerra y el miedo, la fidelidad de aquellas criadas, la cercanía de aquellas mujeres, que, aunque devotas del san Alejo de detrás de la butaca, que rezaba en galaicoportugués, algo recibirían, algo recibían, sin duda, de la predicación tan dulce de mamá, en algo se impregnaban de alma comunal, idea del mundo y sus usuras. Nos cercaba ya el hambre, y mamá hubiera soportado todo eso, preparada a morirse como estaba, con esa profesionalidad de la muerte, digamos, que tiene el tísico crónico, pero venían la Ubalda, la Inocencia, la Eladia y la Manuela, venían de los Pajarillos y San Pedro, de las Delicias y de Santa Clara, con la queja y el llanto, con la lágrima sucia:

—Que no le dan trabajo al mi hombre, señorita, que dicen que si andamos en casa de moscovitas, que no somos gente de fiar, que no estamos bien vistos, señorita, que la vida es así, todo antes que dejarla, señorita, y menos en su estado, que está enferma, tocada del pulmón, como les digo, pero que no hay trabajo para el mi hombre, ni para el chico mayor, que ya está en ello, lañador me ha salido, en un taller.

La Inocencia, la Ubalda, llenas de hijos, con maridos parados, represaliados sólo por lo que pudiera llegarles del nombre claro y breve de mi madre. La Manuela, la Eladia, y hasta la Pilar, que ayudó un poco en mi crianza, mujer lactante de Laguna del Ebro, que venía con mi hermano de leche, un rubio en crudo del que yo no acababa de encontrarme hermano. También la misma pena, aunque eran cazadores y pastores, que el jefe local ha preguntado, que a ver la señorita, que está fichada, que qué tratos son éstos, y todos sin trabajo, señorita, que les tenemos ley, pero me mire aquí el hermano del señorito, hermano en leche, que se me está quedando como seco.

Y fue cuando mi madre escribió a las autoridades eclesiásticas, solicitó entrevista con don Agustín, el clérigo de influencia en la ciudad, de prestigio entre los ganadores, precisamente porque sus sermones tenían grano de protesta, una punta de Cristo, una brisa dorada de Evangelio (sólo como elemento retórico, pero la retórica también duele).

Una tarde, mi madre, mientras yo leía en el mirador y el cielo era una inmensa parra virgen, y la calle unas roderas de nieve, allá abajo, mi madre, digo, se incorporó, se echó una bata y, sentada en la cama, me pidió recado de escribir, que estaba todo en la caja de Félix, las cuartillas, los sobres y los sellos. Entró Inocencia con un café para mamá y un vaso de leche para mí, encendió la luz de la mesilla y mi madre, sin ponerse el termómetro ni tomarse el pulso, empezó a escribir una carta a don Agustín, solicitándole visita.

Era su letra clara, abierta, lenta, una letra segura, racional, que imité mucho tiempo, luchando contra mi mal pulso y el caos (sagrado o no) de mis ideas. Yo estuve muy pendiente, sentado en la butaca de paisajes en huida, oyendo el rezo crepuscular, en úes, de san Alejo, el Portu (que estaba al otro extremo de la elipse, haciéndole recados a primo Paulo) y el levísimo roce de la pluma estilográfica de mi madre (veteada y con cerquitos de oro) sobre el papel gratamente granulado. ¿Volvía a ser la mujer política? Quizá el húsar de sangre, a través del espejo, la miraba escribir y sonreía.

Era la mujer/húsar, invencible.

Mamá me mandó a echar la carta aquella misma tarde, ya en el anochecer. Me puse el abrigo dado la vuelta, con el cuello subido, abombé mi pantalón bombacho y salí al entredosluces, con la carta en el bolsillo, como a la primera misión importante de mi vida.

Iba yo, por el frío y la niebla, emboscado de conspiración, conspiratorio y enfervorizado, portando una carta/protesta, una petición de audiencia, algo que sonaría en el clericato como una blasfemia o una bomba. En seguida saldría el historial político de mamá, el historial familiar, todo. Era algo que estábamos haciendo contra el orden establecido, contra el círculo frío, luminoso y quieto de las farolas, en el desciframiento triste de la niebla.

Sonreía bajo el cuello subido de mi abrigo, al cruzarme caras vagamente conocidas. No saben adónde voy, ellos qué saben, no pueden imaginarse, qué imbéciles, si ahora me cogiese un guardia, si leyeran la carta. Y me llenaba de épica por dentro. Pero no era más que una carta pidiendo una audiencia. Al fin, después de tanta novela conspiratoria, desde Dostoievski a Edgar Wallace, desde Dickens a Galdós, al fin un anochecer conspiratorio vivido realmente por mí.

Las viejas estatuas de bronce y desmemoria, capitulares del códice de piedra de la ciudad, también me inspiraban ironía. Las estatuas y los guardias municipales. «Estas necias estatuas volarán algún día.» Nacía en mí un insospechado anarquista de una tarde.

El buzón de correos, entre león y tigre sonriente, en latón dorado, llevaba muchos años haciendo la digestión de la correspondencia de la ciudad. Novias sin novio, novios sin novia, acudían a esa hora a depositar sus cartas de amor en el buzón, cartas que habían escrito toda la tarde, en el piso pesimista o en la oficina. Qué estúpido desemparejamiento de la vida, aquellos hombres y mujeres que, en lugar de saludarse directamente, romper sus cartas y marcharse cogidos de la mano, vivían de Prometeos mal encadenados por una correspondencia quizá de años.

La moral de las estatuas no consentía otra cosa.

Deposité mi carta como un terrorista. Y luego paseé entre la niebla, mirando escaparates que no veía, orientándome por luces tan sabidas, monologando fruitivamente sobre mi hazaña. No quería volver a casa en seguida, sino que prolongaba la aventura, aunque ya tenía frío, redondeaba el periplo del conspirador, y hasta entré en el café cantante de la plaza, pedí un vino en el mostrador, entre ganaderos, gitanos, estudiantes perdis y tratantes, más algún viejo verde y el coro de las viejas cotorreras, por saborear el mal (no me gustaba el vino en absoluto), por mezclar a mi audacia, a mi culpa, a mi complicidad primera con la madre y sus políticas, un clima degradado de andaluza falsa, Pilarín que enseñaba la braga negra, perturbadora entre los muslos blancos, en *La danza del fuego*, *La leyenda del beso*, el *Bolero* de Ravel y un satanismo a lo Soutullo y Vert.

Yo había entrado en la vida.

Aquella tarde fue importante para mí. No la he olvidado nunca. Entre la épica y la lírica, entre la novela policíaca, los rusos prerrevolucionarios y nuestro literario y revuelto siglo XIX (tan leído por mí en las mañanas de la biblioteca pública), yo me estaba realizando como conspirador, como rebelde, como brazo ejecutor de la política de mi madre. Pero la braga y los muslos de Pilarín, la cordobesa apócrifa, le ponían ya otro argumento a mi argumento de aquella tarde, me fascinaban demasiado, de modo que dejé el café cantante por no perder los sabores de la intriga.

Aún no estaba yo maduro, quizá, para mezclar ambos sabores. En el adolescente, el sexo, el amor, la literatura, la política o la mística tiran demasiado fuerte y, sobre todo, descompensadamente. Ser adolescente es ese «hay que dejarlo todo por tal».

No hay que dejar nada.

Sólo se es adulto cuando uno puede gustar al mismo tiempo los sabores de la conspiración, la creación, el sexo, el viaje, el peligro, la vida y la muerte, haciendo de ello un todo que, naturalmente, es superior a la suma de los sumandos. Yo no había llegado a eso, claro. Salí a la calle por no perder el hilo.

Creo que aún anduve mucho tiempo por las calles, hasta la hora de cenar, evitando los sitios donde pudiera encontrarme a mis pocos amigos. Volvería a casa y lo contaría todo. ¿Qué? No tenía nada que contar. Sólo que había echado la carta, naturalmente. Una vez más, y como siempre, andaba a solas con mis literaturas.

Los muslos de Pilarín, en el torbellino de Ravel, pasaban y pasaban por la sombra.

Y así fue como nos encontramos (recibida la concesión de audiencia) entre palmeras tristes de Castilla, mamá y yo, entre columnas frías, más el barroco de los jesuitas y el alarido de algún pavo real, entre la niebla, que estaba siendo asesinado por el hombrón del frío.

Nos pasaron de chantre en chantre, de diácono en subdiácono, de sumiller en sumiller, por todo el clericato, hasta el despacho de don Agustín, que era como los cuartos de la pintura mística, un contraluz de cuarterones barrocos, la luz de la mañana, tan sucia ya de niebla, muy definido el rayo sobre la estera gruesa, con una plancha de hierro en la que ardía un brasero de oro y carbón de encina.

Don Agustín se puso de pie detrás de su mesa. Quizá ya sabía, imaginaba, que ni mamá ni yo íbamos a besarle el anillo ni insinuar arrodillamiento. A ella le dio la mano y a mí hizo un ademán de revolverme el pelo, pero sólo revolvió el aire, que ya me había yo sentado.

—Aquí tengo su carta, señora, la ennoblece a usted esta preocupación por los humildes.

—No es una cuestión de nobleza. No es una cuestión nobiliaria. Es un asunto de justicia, o mejor dicho, de injusticia.

Cuadros que imitaban a los del divino Morales y en los que, como en el divino Morales, el tiempo había puesto calidades, cualidades y tenebrosidades que de sí no tenían. Toda una teoría de crucifijos, banderas, estandartes, como el almacén de una cofradía, más el olor a brasero, un olor a portera, y una foto del papa.

—Le aseguro, señora, que de cualquier manera, es muy interesante recibir estas cartas, cartas como ésta.

Mamá se había sentado un poco de perfil, más casi frente a mí que frente a don Agustín. Mamá iba de invierno, con la melena suelta, color piano, y sus guantes de una suavísima gamuza, sus guantes color guante, eran su única arma ante la Iglesia. Don Agustín tenía el rostro fuerte, ancho, poderoso, entenebrecido por unas gafas negras y redondas, como de ciego, el pelo corto de seminarista (tan lejos ya del seminario) y una barba afeitada donde aún azuleaba lo reciente de la navaja. Sus manos fuertes, blandas y solemnes, como de un agricultor amojamado por la teología, jugaban con la carta de mamá.

—Lástima que los pobres mientan tanto, señora. Me dedico a los pobres, usted lo sabe, algo se ha conseguido, pero estas familias de que me habla no son aconsejables, tengo informes de ellas, por los párrocos de sus barrios correspondientes, no hay entre ellos, apenas, la cristiandad que es el tesoro del pobre.

—Están cercados porque no son tan sumisos como

los otros. Usted puede hacer algo por ellos, supongo, si se lo propone.

—¿Y cómo, señora, por qué caminos?

(Esto de «los caminos» quizá había sido dicho para preparar alguna frase sobre «los caminos del Señor».)

—Los mismos curas que le han informado a usted sobre estas familias, podrían ahora ocuparse de ayudarlas.

Don Agustín sonrió. Había entrado un sacristán a revolver un poco el brasero, que le daba a la estancia un confort pobre, un clima de humildad, de portería del cielo. No había calefacción en aquel gran palacio clerical.

—Simplifica usted mucho, señora. Los tiempos están malos, falta trabajo, faltan víveres, y las ideas andan revueltas. No es fácil ayudar a unos rebeldes. No tienen con ellos a casi nadie.

—Las ideas me parece que no andan nada revueltas. Se han simplificado a tiros.

—La Iglesia no entra en política, señora, pero lo cierto es que, con las limosnas recibidas, apenas podemos atender tanta necesidad. Por otra parte, alguna de estas familias que usted detalla en su admirable carta, no tienen regularizada su situación moral, digamos. En realidad, les estoy haciendo una concesión cristiana al llamarles familias. Algunas no lo son, pues que no han pasado por la Iglesia. Claro que Cristo, ya ante la Magdalena...

—Aparte el llamado pan de los ángeles, esta gente necesita el pan de la panadería. Sobre todo, sus niños.

Y la voz de mamá sonaba un poco ronca, había perdido luz, frescura, altura, como un arma muy noble empañada por el presentimiento de la sangre que va a provocar. La miré sorprendido. El sacristán se había ido dejando un rastro de oro falso, incienso de brasero y mirra de sacristía.

—El Señor comprenderá su cristiano interés por esas gentes, aunque no lo formule usted de la manera más afortunada —dijo don Agustín.

—Es decir, que no van a hacer nada —le cortó mi madre.

Y se puso de pie, calzándose ágil el guante derecho para darle ya a don Agustín una mano enguantada (lo que, como yo había aprendido, era casi una insolencia). Nos despidió confuso y bisbiseante. Rodeó la mesa y vino tras nosotros, pero se quedó junto al brasero, al ver que se había terminado, por parte de mi madre, el protocolo.

Ella dijo algo cortés desde la puerta, con la voz aún de bronce y no de plata. Yo me volví un momento, por curiosidad, en el filo mismo de la puerta, y vi allí a don Agustín, en el centro de la habitación medieval, entre indeciso y solemne, con el brasero a sus pies, envolviéndolo en un aura de santidad y de carbón de encina.

Fuimos a los pinares, aquel año, a los pinares de la abuela cuspidal, fuimos a los pinares por la salud de mamá y también un poco, o un mucho, porque la ciudad la cercaba, la ahogaba, en un juego detestable de atracción/repulsión por la mujer diferente, alegoría esbelta, enferma y febril de no sé qué republicanismos fusilados.

La entrevista con don Agustín había acabado de desmoralizar a mamá. Aunque se había mantenido frente a él como ya he dicho, la verdad es que a la vuelta se metió en la cama, tuvo fiebre, se embalsamó de silencio, y miraba yo sus guantes color guante, tirados en cualquier parte, como las armas exquisitas y mundanas con que había combatido a la Iglesia, y me preguntaba si el húsar del armario la veía a través del espejo, la veía derrotada, vencida antes de tiempo —¿antes de tiempo?—, enferma de fracaso o fracasada de enfermedad. Desde detrás del espejo, desde la prisión de Ocaña, desde algún sitio angosto y ensangrentado, mi padre la miraba, mi padre u otro hombre, que le había enseñado a ser rebelde, a ser fuerte, a ser revolucionaria, a ser la que era.

Ella.

Y yo también me sentía mirado desde detrás del espejo del armario o la distancia, por primera vez me sentía mirado, pues que por primera vez había sido protagonista, desde la tarde de la carta, la tarde de cruzar la ciudad con la carta/explosivo en el bolsillo (explosivo que había explotado tan blanda e inútilmente, acreciendo tan sólo el fuego de portera del brasero eclesial), hasta la visita a don Agustín y el gesto hosco que tuve para evitar que me revolviese el pelo con la mano, en una picardía evangélica, pues ni él era el Evangelio ni yo estaba ya en edad de que los adultos me revolviesen el pelo como a un osito de peluche.

Fuimos a los pinares, ya digo, no sé si huyendo del acoso de la ciudad y sus nieblas hostiles, huyendo de la mirada triste, decepcionada, del húsar de sangre, inmediato/remotísimo, o, sencillamente, buscando una vez más —búsqueda que era toda nuestra vida—, la salud de mamá, el aire claro que necesitaba su pecho oscurecido por la mancha de moras interior, el anagrama de sangre y el estigma del industrialismo, aegé o lo que fuese.

Allí, en los pinares, había una casa, chalet de los veinte, blanca y vieja, con ese aspecto impresentable que adquiere lo blanco cuando no se cuida (cualquier color aguanta con más dignidad, o con menos dignidad, pero aguanta). El blanco exige lo absoluto, es una exigencia de totalidad, o eso era, lo mismo en el vestido de mi madre que en las paredes de aquel chalet, y las escrituras de la lluvia, el vino de los veranos, la yedra sin grandeza (o la grandeza sin yedra), arruinaban la visión de aquella casa de campo, entre pinares, donde la tía Algadefina también había suspirado algún verano entero (todo el verano como un suspiro), antes de morir, preboceto de la vida de mamá, ensayo, esbozo fugaz de lo que sería una vida de mujer, su hermana anterior o siguiente: mi madre.

La casa, como era grande, la teníamos medio alquilada a una familia no sé si sagrada (madre gorda, hijo tuberculoso, hermana alta y fea, de hermoso cuerpo y largas piernas), más los cachicanes de toda la vida, que eran como Felipe en las fincas, pero al otro extremo de la geografía de la provincia, geografía que yo sólo había conocido por los mapas amarillos y verdes de la escuela, donde el trigo de mi patria de trigo tenía un amarillo tan de julio, y la hierba alta entre la cual se escondían los ríos, tenía el verde que, luego, nunca tiene a la orilla de los ríos. Los cachicanes eran Rosa, una bella mujer del pueblo, con esa belleza prerrafaelista que la vida, tan irónica, se complace en otorgar a mujeres que nunca sabrán lo que fue el prerrafaelismo, ni siquiera Rafael. Por mujeres como Rosa podía conocer yo que en el pueblo hay una veta escondida no sólo de ética (que es la más proclamada), sino incluso de estética, que los enemigos de mi madre habían bajado al pozo de la Historia para siempre.

El marido de Rosa era Emérito, un mecánico bajito, simio, ligero, verdoso y tonto, algo dramático, que tiraba a germanófilo, o me lo parecía a mí, por no decir cosas peores. Tenían varias niñas, de las que recuerdo a Rosita, que era la prerrafaelista que hubiera soñado el propio Rafael, con el dibujo del rostro, tan bello, tan acabado para sus pocos años, tan sutil, que la melena rubia, caligráfica y cambiante, era ya como un cuadro excesivo para un retrato muy hermoso, un exceso de calidad, un empalago de belleza que sólo podía contrarrestar la propia niña Rosita con su natural maquillaje de tierra (todo el día comiendo tierra por el suelo), su gusto salvaje por el agua podrida de las charcas y su manera de hablar, ignorante y perfumada.

Hoy me hubiera gustado incluso sexualmente Rosita (sobre todo sexualmente), pero entonces sólo era para mí una compañera de juegos un poco aburrida, pues que me remitía en seguida al monótono continente de la infancia, que yo acababa de abandonar. Mamá se instaló, como siempre, en la gran habitación de la casa, en la habitación con ventana horizontal al crepúsculo de los pinares, reproduciendo el cuarto que siempre había ocupado, en cualquiera de las ciudades de la elipse, y ya iba yo comprendiendo que no sólo ella, sino todos los seres humanos tendemos a reproducir siempre nuestro entorno, uno determinado, el de la infancia u otro, el de algún momento en que nuestra habitación (nuestra o no) fuimos nosotros mismos.

Esas cuatro paredes que alguna vez le han cuadrangulado a uno el alma para siempre. O sea, la mesilla a la izquierda, con el termómetro, las medicinas y los libros, algún mueble con ropa a la derecha, y el juego de butacas y armario distribuido como en casa, aunque escorando un poco el armario y su luna, lo que a mí me hacía comprender (lo sabía de sobra) que no era «el armario», que no tenía ningún muerto dentro, ni muerto ni vivo, que ella no se sentía observada por nadie detrás de aquella luna donde el azogue de la lepra, o la lepra del azogue, comenzaban a dibujar un atlas de pobreza, un mapamundi de miseria, un planeta de ruina e indecisión en el que no tenía ninguna vigencia la hermosa, revolucionaria y esbelta elipse kepleriana.

Por las mañanas, mamá daba un paseo por el jardín (paseos mucho más melancólicos y menos esperanzados que en el jardín de la tía Socorro). Luego, se sentaba a leer en la hamaca, a la sombra (el sol seca a los tísicos, les mata, contra lo que se creyera en los años veinte: el sol mató, quizá, a la tía Algadefina).

Yo me sentaba a su lado, en cualquier butaca de paja, y recuerdo que aquel verano leímos los *Episodios Nacionales* de Galdós, que nos los traía un militar de la biblioteca del cuartel. (Con el tiempo, las dos Españas se decantan en una, la España triunfadora se apropia de la otra, y Galdós ya estaba en los cuarteles.) El que aquellos tomos viejos los trajese un militar intelectual y amigo, acrecía el sabor a pólvora y guerracivilismo que tiene Galdós en esos libros. A mí entonces me interesaba, porque aún no había afinado mi estilismo hasta repugnar del realismo galdobarojiano, y, en cuanto a mamá, yo creo que le hacía a Galdós una lectura meramente política, como Marx a Balzac. O sociológica.

Sea como fuere, el siglo XIX es apasionante, incluso

en Galdós. El muchacho enfermo (algo mayor que yo, no sé si lo he dicho ya) se sentaba en el otro extremo del jardín, o más bien se tendía en su hamaca, a leer *Don Gil de las calzas verdes*, con la madre al lado, inmensa, pretensa, extensa, sentada en una sillita que desaparecía bajo ella, porque a las grandes gordas les gustan mucho esas sillitas, quizá son la coquetería de su gordura: quieren demostrarnos que les basta con eso, que no están tan gordas.

De un extremo a otro del jardín, nos cruzábamos saludos. Mi madre y el muchacho intercambiaban datos sobre sus respectivas enfermedades, como si hablasen del tiempo, y pensaba yo que, efectivamente, el tiempo, para el enfermo, es su enfermedad: el tiempo como clima y el tiempo como cronología. El enfermo vive dentro de su enfermedad como el sano dentro de su salud, sólo que el enfermo se entera de esto y el saludable no se entera. De ahí, quizá, que los enfermos sean criaturas más sensibles: la enfermedad les afina y sutiliza como se afina un piano.

Bueno, pues ya estábamos allí como en un sanatorio, con tantos enfermos. La imagen del tuberculoso y su madre se oponía simétricamente a la de mi madre y yo. Éramos lo mismo y todo lo contrario. En el interior de la casa, un rumor doméstico de cacerolas (las cacerolas se sienten más importantes por la mañana, se realizan más). En el exterior, la niña Rosa y sus hermanos (no recuerdo si tenía hermanos o amigos), jugando por la trasera/huerto del jardín, y, más allá de los altos setos, la mañana esmeralda, purísima y como vagamente militar, la multitud de los pinares y el sol sonando en cada pino, como una chicharra.

Por la tarde llegaba de la ciudad la hermana del tísico, que trabajaba en una oficina por las mañanas, y leía novelas rosa al lado de él, y a ratos se tenían una mano cogida, sin prevenir ella el posible contagio de la mano sudada y enferma de su hermano, cosa que me asombraba (cuando yo mismo olvidaba continuamente mis precauciones higiénicas respecto de mamá, y por supuesto no les veía sentido).

El anochecer, que con las estrellas trae una cierta democracia natural, la familia de los cachicanes, Rosa y Emérito, la niña, los niños, los perros, no sé, se nos unían en la tertulia de sombras, cuando el cielo de los pinares estaba ya sacralizado por la resina y perfumaba el aire como un cielo oriental.

Así pasó otro verano. Emérito, el mecánico, que era germanófilo, discutía de política con el muchacho tuberculoso, que era liberal o así, y la madre del muchacho le instaba continuamente para que lo dejase, porque no le convenía irritarse la garganta y, quizá, en el fondo, porque tenía miedo de oír en voz alta lo que pensaba su hijo.

O de que lo oyesen los demás.

Yo jugaba en el suelo con Rosita, preguntándome si me gustaba la niña sexualmente, pues que sus juegos ya no eran los míos, pero, en cuanto a niñas, yo estaba certificado por mucho tiempo a Eva, la niña del otro extremo de la elipse. Rosa hacía la cena para todos. Mi madre, la hermana del tísico y el militar que nos traía a Galdós montaban tertulia a media voz, tertulia que me tenía a mí más pendiente y desorejado que nada, y en la que se pasaba de la actualidad política a las relaciones hombre/mujer o divina pelea (como en tiempos de la prima Samaritana, que habrá o habría de volver).

Al militar parece que le gustaban las dos: la fea esbelta que leía novelas rosa y mamá. Hasta que mamá se ponía en pie, como si no estuviera enferma, se cogía de mi brazo y dábamos una última vuelta a la casa, entre un diálogo de perros que hacían hablar a las distancias. Luego entrábamos a nuestras habitaciones, muy atendidos por Rosa. Dormía yo paredaño de mamá, en un cuarto estrecho y malva, donde me quedaba leyendo hasta muy tarde, mientras la noche multiplicaba sus ladrones bondadosos en la sombra. Me dormía pensando que nuestra desgracia era una desgracia dulce, blanda, llevadera, perfumada de pólvora y resina, de Galdós y pinares de la abuela.

Pero llegó el otoño con sus grandes heridas, los pinos ya no goteaban resina, sino cielo, cielo gris y lluvioso, triste campo, y el muchacho tísico se fue con su madre y su hermana para la ciudad, en el tren que paraba todos los días entre nuestro chalet y el apeadero de los pinares.

Le vi partir, débil, delgado, alto, desacostumbrado a la ropa, a la caminata, a la vida, entre sus dos ángeles custodios, la madre y la hermana, el ángel gordo y el ángel esbelto, dispuesto a iniciar el curso universitario y a emborronar de nuevo sus pulmones con la niebla hostil de la ciudad.

Rosa, Emérito, la familia de los cachicanes, se remetieron más en sus cocinas y traspatios, abolida esa democracia natural del verano, se hicieron fuertes en sus hornos con piñas que, al calor, abrían sus duros pétalos verdes y entregaban un piñón interiormente blanco y tierno. Rosita, la niña, venía a veces con una piña abierta para mí.

Mamá retrasaba su vuelta a la ciudad, al trabajo, a aquel enorme edificio lleno de bibliotecas, penumbra y policías, donde era una marginada, una marcada, una mujer doblemente postergada por la política y la enfermedad contagiosa. De modo que estábamos allí, dentro del chalet, viendo llover fuera, leyendo en silencio, atendidos por la abuela cuspidal, de tarde en tarde, por una improbable tía, por una amiga de mamá y, sobre todo, por Rosa, que era la única que salía de sus cocinas para traernos un caldo y un filete.

Yo veía a mi madre, de reojo tras el libro que tenía en mis manos, como más embarullada en su soledad y apartamiento, barroquizada ya de desesperación silenciosa, en un lío de ropas, libros, medicinas y piernas larguísimas, oculta su esbeltez, anovelado su pelo, con la tristeza del campo otoñal y lluvioso en sus ojos ligeramente violados, ahora.

Aquello había sido una tregua y había que volver. Mamá escribía cartas de aplazamiento a su despacho, alegaba enfermedad (cosa que en parte era cierta), y yo cruzaba la vía del tren, con un paraguas grande, negro y aldeano de Rosa, para echar la carta en el buzón del apeadero, en una excursión breve y claudicante que no tenía ya, en absoluto, la dimensión heroica, literaria y conspiratoria del día en que fui a echar la carta para el clericato. Íbamos a menos.

Mamá habló:

—Estamos mal, hijo, estamos muy mal, papá no vuelve, a tu padre no le sueltan de la cárcel, no puede ni hacer una escapada para venir a vernos, en estos momentos no sé si le han trasladado de penal, si está escondido en algún sitio o si se va a presentar algún día aquí, en el tren, cuando menos lo esperemos. Habrá que volver allá, seguir trabajando, tú tienes que estudiar algo, aparte de leer tanto, y a mí me van a retirar el sueldo cualquier día, si no me presento, es lo que están deseando. No estoy bien, ya sabes que no estoy bien, pero temo que papá se presente de incógnito en casa y, al no encontrarnos, no se atreva a venir hasta aquí, de todos modos tendríamos que volver...

Lloré blandamente, interiormente, disimulé el otro llanto, el exterior, sentándome en la esquina de sombra de su cuarto, en la pirámide de penumbra y tristeza que había al otro extremo de la estancia, porque comprendía de pronto, y esto me conmovió mucho, no sé si por mí o por mamá, que esperaba la llegada imposible del padre.

Un día, en el tren descendente que iba hacia Madrid, parando un momento en aquel apeadero, como a beber agua u orinar (los trenes han llegado a tener las mismas necesidades fisiológicas del maquinista o de los viajeros, por eso están tan humanizados), un día, a lo mejor, se bajaba de un vagón el húsar de sangre, venido del espejo de piedra del penal de Ocaña, cruzaba la vía en dirección inversa a como la cruzaba yo para ir a echar las cartas de mamá.

O bien, huido el tren, aparecía del otro lado, erguido en el pequeño andén, con algo en la mano (un sable, un fusil, un hatillo, un bastón dandy, un ros: todo menos una maleta), y cruzaba las vías de dos saltos y venía hasta nosotros. A partir de entonces sorprendí a mamá incorporándose en la cama cada vez que un tren paraba en el apeadero, para ver por la ventana si llegaba el que no podía llegar. Yo había tomado aquel movimiento, durante mucho tiempo, por una sencilla curiosidad de enferma que entretiene su quietud viendo pasar trenes y viajeros, pero no era eso, sino que le esperaba a él, no sé con qué razones, motivos, justificaciones o esperanzas, quizá con ninguna.

De modo que siempre se está aprendiendo algo en la difícil asignatura de la mujer, en el largo aprendizaje de una madre. Por otra parte, ella tenía la impaciencia de que él llegase a casa, en la ciudad, y no nos encontrase. Le hubiera sido muy fácil venirse a los pinares en coche, tren, carro o taxi, pero cuando se espera sin esperanza, como esperaba mamá, las distancias tienen otros kilómetros, los kilómetros tienen otra distancia.

Revuelta en su lecho, leyendo a Pelagio y acechando trenes, expulsada por la ciudad, autoexpulsada, yo la dejaba a veces en su cuarto y me iba a la cocina, con los cachicanes, al calor de los hornos, a comer piñones con Rosita, que me ofrecía una piña verde, abierta, dura y tierna, en su prerrafaelismo analfabeto.

Pero volvimos a la ciudad, ya muy entrado el otoño, yo a mi Universidad nocturna, a mis lecturas, a mis anocheceres en el café cantante, al acecho de los muslos blancos y la braga negra de Pilarín, la andaluza falsa, que seguía enredándose en un Ravel degradado y provinciano para tratantes, gitanos, verdeviejos y viejas de clases pasivas, viudas del Estado, viudas de guerra o viudas de un viudo, o sea muertas.

Mamá a la oficina, a pie o en taxi, yo siempre con ella, mañanas de la biblioteca, entre armilares y códices, más los sofistas, los cínicos, los presocráticos, los iluministas, los místicos, los barrocos, los manieristas, los románticos, los surrealistas y los expresionistas. La larga espera a mediodía, por los pasillos, la vuelta a casa, en silencio, esos túneles de luz en que entra el tiempo, cuando no pasa nada y se sabe que está pasando todo.

La ciudad no amaba a mi madre y, en el negociado, los ujieres no le cambiaban la tinta del tintero. Ese sapo de tinta que queda en el fondo, y que ella tenía que expulsar por sí misma, lo llevábamos dentro como el sapo del odio.

Algunas tardes salíamos al cine. Cines modestos, apartados, de reestreno o sesión continua. Nada que pudiera parecer una exhibición de la mujer lapidada en una lapidación inmóvil de miradas, hostilidades o silencios.

Vimos *Capitanes intrépidos*, de Freddie Bartholomew, y Spencer Tracy. Vimos *El pequeño Lord*, también de Freddie Bartholomew, y en aquel niño elegante y actorcito iba reflejando yo un incipiente dandismo que nacería y moriría con la plena juventud. Vimos *Peppino y Violeta*, costumbrismo italiano y social, un niño y una burra. A mamá, tan fatigada de la hostilidad de los hombres, le reposaba mucho la bondad natural de Spencer Tracy. A mí, ya lo he dicho, me fascinaba el modelo del pequeño lord, del posible dandy.

Ay mi pescadito no llores ya más, ay mi pescadito deja de llorar. La canción marinera del viejo lobo de mar nos hacía llorar un poco a los dos, con esas lágrimas del cine que en seguida se estrellan en la sombra y la luz de la sala. Tácitamente, el pescadito de mi madre era yo, todavía, y me gustaba sentirme pescadito suyo, y esto parece que estaba en contradicción con el dandismo adolescente de un pequeño lord de clase media, pero uno, por entonces, no se planteaba estas contradicciones o pluralidades del ser, la vocación y los modelos humanos a realizar. Junto a mi madre seguía siendo el pescadito que había sido siempre. En el café cantante, en la lectura de Baudelaire, en el distanciamiento de la Universidad nocturna, con respecto de mis condiscípulos y condiscípulas, ejercía ya el dandismo de ser diferente, o de querer serlo, aunque no sabía muy bien en qué.

Vimos *Siguiendo mi camino*, de Bing Crosby, y *Las campanas de Santa María*, todo aquel cine católico de Hollywood que sin duda pagaba la Banca Morgan, Banca que tenía como primer cliente al Vaticano, según me explicaba mi madre. Porque la política, ya, iba siendo algo más que hablar por teléfono con Madrid o escribir a máquina en un papel de barba, duro, que era como meter una losa en el rodillo de la Underwood. La política era tener un padre preso en Ocaña, un húsar muerto en el armario, una madre hostigada por el vacío, un primo, el primo Paulo, con el coche requisado por los canónigos y las marquesas de mantilla española, la política era escribirle una carta al clericato, ir a ver a don Agustín, en su palacio de pavos reales y braseros, y estar a punto, como quizá estuvo mi madre aquel día, de zurcirle la cara con el guante color guante.

La política era tener que irse a lavar el tintero al retrete, para empezar el día con tinta fresca, malva, porque los ujieres se olvidaban provocadoramente de hacerlo, un día tras otro. La biblioteca por la mañana, la Universidad o el café cantante por la noche, el cine con mamá, algunas tardes, eran mi vida de artista adolescente, de joven premalvado. La oficina con luz trasera, la cama y las décimas, la lectura o el cine conmigo, eran la vida de ella.

Yo creo que ya ni siquiera se esperaba, en aquella época, el regreso del muerto.

La prima Samaritana volvió algunos anocheceres. Yo

leía sin luz en el mirador de parra virgen, y ella, sentada junto a mamá en la butaca de paisajes huidos, hablaba y hablaba, penumbrosa de hombres, como siempre, aquel Don, no recuerdo, que se portaban bien, que se portaban mal, y no sabía yo qué podía interesarle a mi madre de todo aquel anovelamiento menudo, mezquino y picadillo. La prima Samaritana estaba como siempre, hermosa sin secreto, grande sin grandeza. No envejecía porque, quizá, nunca había sido joven.

Con la prima Samaritana, o tras ella, vinieron otras mujeres, a veces la prima Fátima, por supuesto, haciendo cojear al tiempo con un balanceo de barca sin gracia, y Luisa Lammenier, de las Lammenier de toda la vida, rubia, cristiana y cachonda, que triunfaba en el Salón Rojo del Corisco, entre ascendidos de la guerra, ascendidos de la otra guerra, ascendidos, enfermos, mutilados, caballeros, caballeros mutilados de todas las guerras. Había sido madrina de guerra y enfermera en hospitales de sangre, y había masturbado a varias generaciones de héroes de África, Filipinas, Cuba y Brunete, desde los tiempos en que Aguilerón, don Alberto Aguilera, salió a un balcón de Madrid para hablarle al pueblo de la pérdida de las colonias, y el pueblo se fue a los toros, porque las colonias quedaban mucho más lejos que la calle de Alcalá.

A los enfermos, a los mutilados, a los hombres jóvenes e imposibilitados, es saludable masturbarles (esto lo oía yo, lo entreoía, lleno de fascinación y fiebre, detrás de un libro grande de Rubén), porque, si no se les masturba, tienen poluciones nocturnas y eso les inquieta el sueño, o les constipa, o tienen brutales erecciones equinas y eso les hace dar vueltas en la cama y desvendarse.

Una vez masturbados, los heridos duermen mejor, más tranquilos, con la inocencia de los héroes y la sonrisa de los muertos. Luisa Lammenier era una santa María Egipcíaca de los heridos, Nuestra Señora de las Masturbaciones, y yo le miraba las manos morenas y anilladas, cuando fumaba (porque fumaba) pensando lo que sería morir de amor en aquellas manos.

Luisa Lammenier, nada más llegar a casa, solía pedir el talco a las criadas, Ubalda, hija, tráigame usted el talco, que es que vengo escocida hasta la madre, Jesús, Jesús, qué cosas dice la señorita, Luisa Lammenier estaba tan modelada como de dentro afuera, que se rozaba mucho los muslos por la parte de arriba, cara interior, y, siendo niño, la había visto muchas veces levantarse la faldumenta y acariciar con el guante blanco del talco la carne sacratísima y morena del muslo que nacía poderoso y esbelto.

Ahora lo seguía haciendo y sólo se ladeaba un poco en la butaca, por si yo distraía los ojos del libro. Era un momento de silencio y braga en que todas callaban, con esa fascinación de la mujer por la mujer. Mi corazón era un racimo de corazones cuyo clamor me sujetaba con la mano, mientras la otra, insegura, sostenía el libro. Aquellas manos de Luisa Lammenier, que habían masturbado guerreros y se habían acariciado el alto muslo casi públicamente, a la mañana temprano trenzaban un rosario y un misal en la parroquia de San Julián, que Luisa era devota y le daba a la misa «los recios melones de sus pechos». Si la misa era acompañada de un cadete de la Academia de Caballería (el amor eterno de una semana para Luisa Lammenier), cumplían la devoción en la iglesia de Santiago, más céntrica, aristocrática y de moda, aunque mucho menos hermosa que San Julián, nuestra parroquia.

Otra que venía a hacerle tertulia a mamá (a veces sumaban hasta cinco o seis), era Eugenia Primo, de la que sabía yo, por oírlo asimismo en conversaciones de mujeres, que había estado muy enamorada del húsar de sangre, Byron del armario, oficial de no sé qué revoluciones.

Eugenia Primo era, respecto de Luisa Lammenier, la Marta o la María, o sea, el oponente estructural (que hubiera escrito yo hoy). Eugenia Primo, de belleza madónica, morena de ojos castaños, con el pelo recogido y la expresión sufriente, tenía una risa infrecuente y blanquísima, y vivía en silencio su trabajo político (en el bando opuesto de mamá: rivalidad que venía a sumarse a la amorosa, reforzando una amistad con doble grapa), su soltería, su castidad, su virginidad, su piedad, su soledad, su hermosura.

Eugenia Primo también había sido madrina de guerra, enfermera de hospitales de sangre, también había comerciado sentimentalmente con muertos y mutilados, pero me parecía que todas ellas (más la hermana esbelta y fea del muchacho tuberculoso de los pinares, que asimismo venía a veces) envidiaban un poco o un mucho el destino romántico de mamá, viuda de un viudo, viuda de un vivo, casada con un muerto, novia de guerra de un húsar incógnito.

Me parecía que abarataban nuestra tragedia, el sentimiento decantado de mamá (o la manera decantada de llevarlo) con su cinematografismo envenenado de Douglas Fairbanks e Irene Dunne. Lo que para ellas, aun sin darse cuenta, era una película, para nosotros era nuestra vida. Mi madre reclinada en el lecho, vestida siempre como para salir, era la que menos hablaba, y no sólo por descansar sus pulmones. Sus ojos pardos buscaban en la faramalla y el pedregullo de la anécdota femenina, desde el talco de la Lammenier a la santidad de Eugenia Primo, una síntesis, una verdad, un argumento intelectual. A mamá la inquietaba la vulgaridad de la dispersión, o la dispersión de la vulgaridad, sin que las otras se enterasen.

Más de tarde en tarde, pero en tormenta de lutos, carnaval de carmines, asociación madrepórica, exageración y velo, llegaban las Caravaggio, de las Caravaggio de toda la vida, madres, hijas, tías, abuelas, primas, más la niña Betsabé, como un Niño Jesús de Praga con la cara de porcelana y el cuerpo de tres meretrices en una.

Las de Caravaggio eran una adunación fúnebre y locuaz de solteras, solteronas, abandonadas, enviudadas, separadas, enamoradas, mujeres solas, generaciones emborronadas por lo negro de tantos lutos, de modo que yo nunca sabía exactamente quién era la tía de quién, ni quién la nieta de quién otra, y sólo la niña Betsabé Caravaggio, que me estaba destinada en matrimonio por contrato verbal/unilateral (no sin la ironía de mamá) y que no menstruaba por conservarse impúber para mí, sólo la niña Betsabé, digo, me era distinguible o aislable de su acumulación de madres, tías, abuelas y tías/abuelas.

Las Caravaggio, de las Caravaggio de toda la vida, seguían fieles a la moda de sus tiempos, que eran los de todas, en realidad: medio velito por la cara, sombrerete de fieltro, negro en invierno, gris en verano, con flor o pompón de seda, según, collares desmayados, vestidos ablusados hasta la cintura, rectos hasta el tobillo, con plisado o tablitas, cinturones bajos, también caídos, una rotación de abrigos, cuellos de piel, boas y guas, que sin duda iban estrenando sucesivamente, todas la misma boa, todas el mismo gua, de manera que en tres años volvía a empezar el ciclo y volvía a estrenarse todo por cada una de ellas (supongo que con la ropa interior pasaba lo mismo, incluidas las fajas de pasamanería y herretes Saint-Germain).

Llevaban así desde el desastre de Annual.

Habladoras, decidoras, informadas, enteradísimas de nada, las Caravaggio caían en la tertulia de mamá como un alud de luto alegre, y Betsabé, la niña, con sus rizos de Niño Jesús de Praga y su cuerpo como un armario de tres cuerpos, gordísima como un pastel de ángeles marieristas, se quedaba sentada a mi lado, «en la pared de los niños», haciendo como que leía el libro que leía yo (que yo tampoco leía), porque se me sabía destinada y porque no quería enterarse de las cosas que hablaba todo aquel mujerío: escoceduras de Luisa Lammenier, amores y amoríos de la prima Samaritana, enviudamientos de nuestras madres, enamoramientos de Eugenia Primo y oscuro comercio sentimental con los enfermos, mutilados y muertos de varias guerras.

La verdad es que Betsabé se enteraba de todo.

Las mujeres hablaban, yo leía una página inmóvil, escuchando, y del costado inmenso de raso me llegaba el olor de Betsabé, entre infantil y estabulario, más un aguarrás antiguo, endulzado de tiempo, un abrótano macho de viejas y por encima de todo ello, el perfume irreprimible de su sexo y de sus pocos años. No estaba enamorado de Betsabé, nos veíamos dos o tres veces al año, pero me inspiraba una curiosidad hambrienta y temerosa aquel tonelaje dócil de carne rosada e inexperta. Yo no sabía si éramos novios.

—¿Es bonito el libro?
—Tú no ibas a entenderlo.
—Claro, ya dice mamá que lees demasiado para tu edad.
—Pues yo sospecho que tu madre lee demasiado poco para la suya.

Betsabé se quedaba en silencio, perdida hacia el interior de sus plurales hemisferios de gordura, por no llorar con mis crueldades (dandismo de Freddie Bartholomew), y yo seguía haciendo como que leía un libro que se iba volviendo de piedra en mis manos.

Las Caravaggio habían decidido que la niña no menstruase hasta formalizar su compromiso conmigo (su familia hablaba siempre de esto, la mía nunca), por ofrecerme en su día una joven pura, de modo que un año se aplicaron a novenas, trisagios, devociones, caminatas a San Nicolás de Bari, obispo de Mira, y le tenían puesto un cirio todo el año a no sé qué santa virgen, confesora y mártir, por evitar la mancha menstrual, el amanecer rojo de la mujer sobre la pureza nívea de Betsabé.

La mancha de moras de mi madre, tan prematura, que la había hecho mujer antes de tiempo, dándome a mí la vida (y ahora comprendía yo que la mancha de moras en aquel remoto domingo, huerta de Felipe, no era sino repetición/exteriorización de una presencia de mujer de epifanía muy anterior), la mancha de mi madre, digo, tenía su correspondencia/oponente en la blancura ilesa de Betsabé Caravaggio, de las Caravaggio de toda la vida, que se mantenía sin mancha gracias a santa Rita de Casia (creo que era santa Rita de Casia) y el cirio que le tenían puesto, aunque ponerle un cirio a una santa me parecía a mí casi irreverente por priápico.

Entre dos manchas de mujer (mancha de blancura en Betsabé), entre dos purezas de mujer (soltería/viudedad de mamá, a no ser que el húsar de sangre, Byron seductor, saliese del armario para amarla tuberculosa por las noches), se mantenía mi vida, aprendiendo que ellas siempre son un exceso: un exceso de sangre o de pureza.

El adorable exceso de madre que era mamá.

Una vez al mes, todos los meses, como una devoción, como un rito que podía estarse convirtiendo —ay— en rutina, la Inocencia partía para la cárcel, penal de Ocaña o lo que fuese, con un gran envoltorio de cartas, comestibles, ropa, libros, recados, noticias, claves, medicinas y fotografías. Estaba allí tan cerca, en el armario, y había que llevárselo a un penal de geometría y duelo, lejos.

Iba siempre Inocencia, siempre la misma, no recuerdo si a final o principio de mes, porque en la cárcel exigían muchas formalidades y la cara de la criada ya era conocida, no convenía cambiarla por otra. Nunca hubieran dejado entrar a mamá en el penal —¿incomunicación?—, ni a mí tampoco, aunque nunca lo pregunté, o sólo mentalmente, pero una madre dialoga siempre con los pensamientos de su hijo:

—No puedes ir con Inocencia, pescadito. No te dejarían pasar y además te ibas a poner muy triste.

Eran preparativos de varios días, «que hay que ir pensando en el viaje», sólo se decía así, el viaje, y entonces Inocencia se hacía la permanente en casa, mediante la peinadora cuspidal de la abuela, porque los trenes son como palacios andantes para el servicio, y la Inocencia tenía que coger el tren y estar presentable.

Las tías, las otras criadas, mamá por su cuenta todo el mundo iba recaudando cosas para el gran paquete, y yo espiaba con angustia y alivio el momento en que iban a echar una foto mía, reciente, entre los papeles. La echaban. Era el rito mensual del gran envoltorio, la bola de nieve que se iba engrosando durante una semana.

La abuela permanecía bastante ajena a todo aquello. Mamá lo llevaba con una serenidad de trámite familiar grave, pero no catastrófico: como la que se va a casar sin ganas o algo así. Eugenia Primo, una vez, se atrevió a aportar un rosario de plata y nácar al gran envoltorio. Vi en los ojos de mi madre el color de la ironía, que es pardo, porque lord Byron no rezaba el rosario y porque el húsar era suyo (lo tenía en el armario) y no de la amiga solterona. Las criadas iban y venían como un gallinero inquietado por el remoto gallo con cresta de húsar, pero Inocencia, la elegida, ejercía aquella elección como un mandato, como un reinado, y mandaba en las otras más que de costumbre, y las otras la obedecían más que de costumbre, y se la veía por los fondos con balcón de bruma y gasa, asomándose, incluso en el invierno, para lucir su permanente ante el vecindario.

Era una fiesta seria, una excursión colectiva de una sola persona, la más humilde. La comunidad que era la familia, enviaba, como un clan, como una tribu, a su miembro más puro (más humilde, más inocente: lo decía hasta el nombre) a cumplir el rito secreto y sagrado de los meses. Recordé la frase de Schiller, tan abstrusa en tiempos: «La belleza es una imposición de los fenómenos.» Los fenómenos —naturales, astrales, vitales, biológicos, cósmicos— imponen al tiempo del hombre una cadencia, como al tiempo del animal, y esa cadencia se traduce a recurrencia en la música y a estrofa o estribillo en la poesía. Belleza es reiteración y lo que se reitera es bello por repetitivo, porque está ocurriendo sobre el fondo de otra vez que ocurrió, porque la memoria lo enriquece como eco.

El viaje de Inocencia, periódico y puntual, tenía ya la magia del rito, la cadencia de una ida y una vuelta, como un tema musical (música que en este caso era ferroviaria), y el escandido estrófico de un poema, porque Inocencia, naturalmente, a su vuelta contaba el viaje, que era siempre igual o que ella narraba siempre igual.

¿Se parecen todas las aventuras de Ulises o de don Quijote porque fueron todas parecidas o porque el poeta —Homero, Cervantes— tiene una misma manera (un estilo: el estilo es insistencia) de contarlo todo? Los círculos del Dante, tan leído en mi infancia, se parecen aburridamente, entre sí, a fuerza de variedad.

Inocencia, no más dotada que los griegos o nuestros clásicos del XVII, pero tampoco menos, contaba siempre el mismo viaje (el tiempo como artista, copiándose a sí mismo, estróficamente) o contaba siempre lo mismo todos los viajes: el lenguaje como lírica, reduciendo la diversidad a unas constantes, tomando la parte por el todo.

Inocencia hablaba en metonimia sin saberlo.

El tren, la estación, los viajeros, los coches de línea, la ida y la vuelta, gentes con gallinas o gallinas viajeras, conduciendo tras de sí una nube negra de aldeanos.

Del preso contaba poco, porque no lo veía, o apenas. O porque el preso hablaba poco con ella, o no le dejaban. Traía recados escritos para mamá, eso sí, malas noticias sobre su mala salud, agravada en la cárcel. Inocencia hablaba de los funcionarios de prisiones, de los guardias, de los que eran simpáticos y los que eran antipáticos. Su aventura no progresaba, no era un episodio en cada próximo número sino siempre el mismo episodio, bien porque su falta de imaginación le impedía renovar contactos, hacerlos avanzar, o porque la elipse carcelaria, restringida, represiva, en que se movía, era una elipse sin tiempo ni espacio, una elipse antikepleriana: la elipse, no como la revolución del círculo, sino como la nostalgia férrea del círculo.

—¿Y qué tal el viaje, Inocencia?

—Mucho personal en tercera, señorito.

—¿Y qué tal la cárcel, Inocencia?

—Mucho personal en la cárcel, señorito.

—¿Y qué tal los presos, Inocencia?

Me faltaba llegar a la pregunta última, saltar de los presos al *preso*.

Nunca me atreví a esa pregunta definitiva, que las anteriores no habían hecho sino preparar. Inocencia se enredaba en historias de trenes y coches de línea, de mujeres preñadas a las que ningún caballero había querido dejar el sitio, «si es que caballeros pueden llamarse», y revisores que habían echado del tren a gorrazos, o poco menos, a un indocumentado que viajaba sin billete:

—En marcha lo apearon, señorito, y eso tampoco está bien.

Yo podría haber terminado cualquiera de aquellas historias, que me las sabía, más que de oírselas a Inocencia, de la lógica elemental de cualquier relato. Un clásico catalogó las situaciones teatrales. Un romántico debiera haber catalogado las situaciones ferroviarias o viajeras, que son reducidas. Incluso las situaciones marítimas, aéreas o amazónicas. Nada tan monótono como la variedad. Nada tan pequeñoburgués como la aventura.

Hacía tiempo que dejara yo de leer libros de aventuras. Había descubierto las aventuras de lo inmóvil, la épica de lo igual, que seguramente es una lírica. El húsar de sangre dentro del armario, el Leonardo que sonreía o sonlloraba, como un barómetro psicológico, sobre el barroco carpintero y menestral de la caja de caoba de Félix. El san Alejo detrás de la butaca verde, con su cantinela aportuguesada, hablando como el Portu, tan parecido al Portu, arrodillado con su perro, también muy piadoso, en el banzo que subía brevísimamente a la puerta condenada de aquella pared.

El mirador de parra virgen, que hacía malva el cielo y roja la nieve de la calle, en invierno. La abuela cuspidal en sus altos desvanes. Mamá derrotada por don Agustín, como el pie desnudo y virginal de la Iglesia (una Iglesia Virgen y Madre, un monstruo) pisa y humilla siempre a la mujer/serpiente de las iconografías.

El abuelo, muerto y beato, quizá canonizado, desde luego embalsamado en la parroquia de San Julián, con mosconeo de devotas en torno a su urna de cristal: el santo consumero al que rezaban las vecinas, tanto por milagrería como por honrar al único hombre de fe en aquella familia toda de mujeres, y de mujeres «masonas», como decían las criadas de la calle, amigas de Inocencia.

El abuelo había dudado siempre entre la santidad laica de la Institución Libre de Enseñanza (los institucionistas iban a verle a su fielato, le hacían tertulia, hasta que llegaba un mulero con una mula y había que pincharle las alforjas) y la santidad santa de San Miguel y San Julián, el coadjutor don Luis y los rosarios de la abuela, que una hija se les había muerto púber, otras les habían salido por libre y la más sonada, mi madre, andaba en políticas, laicismos, republicanismos y matrimonios civiles. Creo que el abuelo murió siendo yo muy niño.

Tarde de campanas, funeral en el cielo, tocan a muerto, una azotea con Amalita, la sobrina morena y aldeana de la portera, niña a quien yo quería verle la braguita morada, o, más bien, que me la enseñase, porque en realidad se la estaba viendo todo el tiempo, por la malicia que ponía yo en su juego inocente.

—Están tocando por mi abuelo, que se ha muerto.
—No digas eso, niño. El abuelo está enfermo.

Sabina, la portera, tenía un brazo hinchado, blanco, monstruoso, congestivo de blancura, lo cual como ya he observado otras veces, es mucho más grave y alarmante que la congestión violácea.

Sabina, la portera, tenía una tortuga de oro, en cuyo caparazón crecía como un musgo orinegro. Sabina le daba a la tortuga cáscaras de guisante, poco a poco, con larga paciencia (sólo había venido al mundo para eso), y la tortuga sacaba su cabecita reptil, un poco prepucial, y se comía aquello.

La muerte de mi abuelo tiene que ver con un funeral en el cielo, una braguita malva en la entrepierna morena de una chica de pueblo, y una tortuga de oro que me miraba dulcemente con el punto y seguido que era su ojito lateral, minutísimo y asombrosamente expresivo.

No creo que haya más *mirada*, más expresión, en los ojos de un gran molusco o un gran reptil, de una pitón o un cocodrilo. La tortuga era una joya con cuatro patas como cuatro percebes, una joya deambulante y lentísima, que en realidad debía avanzar a saltos, porque cada vez que la buscábamos estaba en una esquina de la azotea.

Amalita/Eva/Rosita. Tres niñas, tres braguitas malva y entrevistas, ensartadas sucesivamente en mi erecto deseo improbable, como ahora las ensarto en la barra tipográfica. Lo de Amalita, que no fue nada, ocurría en una altísima azotea, no sé por qué Sabina la portera, nos había llevado allí: como si aquello fuese un buen sitio para ver el alma del abuelo en el momento de volar hacia Dios

Éramos niños a quienes se ha elegido un sitio alto y privilegiado para ver llegar y morir el cohete más subidero de la verbena. Pero el cielo estaba azul, en aquella tarde anterior a mi infancia, y el alma/cohete del abuelo no llegó a subir tan arriba, tan arriba, allí desde donde veíamos, más abajo, el girar de los vencejos, como una cúpula girante, sobre el mapa aldeano y palaciego de mi barrio.

Yo nunca había querido demasiado al abuelo.

Pero la abuela cuspidal estaba haciendo gestiones con el clericato (eran otros tiempos) para que el santo consumero fuese beatificado.

De momento, yo le había visto embalsamar una larga noche, con mucho jaleo de personal, enfermeras, doctores, criadas, curas, vasijas, yacijas, copas, sangres, como en una ceremonia egipcia, y me había dado un poco de miedo y bastante asco. Luego le habían vestido su traje de domingo (con el cual también iba a los Consumos, los domingos que le tocaba guardia o le había anunciado visita don Francisco Giner de los Ríos), y le tenían en una hornacina baja de San Julián, en urna cineraria, o lo que fuese aquello, de cristal, entre los Cristos yacentes de Juan de Juni, Gregorio Fernández y Berruguete, a los que se parecía mucho en la barba y con quienes, sobre todo, tenía el aire de familia de la muerte. Pero los Cristos barrocos, clásicos, góticos, académicos, esperpénticos, estaban desnudos, y eso les daba dignidad, mientras que mi abuelo, con su digno traje de jefe de Consumos, quedaba raro. De muy pequeño, antes de pasar yo de la mano de la abuela a la de la madre, la abuela me llevaba a misa a San Julián, y a la salida hacíamos visita obligada a la hornacina del abuelo, más que nada, sospecho, por provocar el corro, la apertura, la distancia y el respeto de las devotas que miraban con ojos de milagro a la alta, digna, malhumorada y señorial viuda del santo.

Luego, yo no había vuelto por San Julián, ni mamá me había llevado, y la alusión al santo de la familia (cuyo proceso de beatificación yo no sé qué curso podía seguir en Roma, aunque malicio que estaba parado) era una alusión de pasada, habitual, en los almuerzos y las visitas, como otras familias citaban un antepasado general o ahogado en el mar.

Pero con los años fui comprendiendo la relación/oposición, la simetría que relacionaba el cadáver de la urna con el cadáver del armario.

Otra vez la elipse y otra vez un astro familiar en cada polo: el abuelo santo y el padre laico. El patriarca casto y el Byron violador y revolucionario. Cada uno de ellos detrás de su cristal.

Luego mi familia era una tensión entre ambos muertos, entre ambos mitos. El húsar embalsamado de armario y naftalina. El casto varón depositado en el armario horizontal y transparente de San Julián.

Una mitad de la familia y las amistades (en clan) estaba con el Cristo consumero: la abuela cuspidal, Inocencia, alguna de las tías, Eugenia Primo. La otra mitad estaba con el Byron madrileño: mamá, yo, Ubalda y las demás criadas, alguna de las tías, Luisa Lammenier.

Claro que las cosas son siempre más complejas. No hay progreso sin contrarios, dijo William Blake. Eugenia Primo, devota del núcleo/consumero, estaba adherida sentimentalmente al núcleo/húsar de sangre. Las Caravaggio, adheridas novelescamente al héroe del armario, experimentaban el tirón devoto y nobiliario del santo que teníamos en la familia. Del mismo modo que los seres, los actos.

Había, en los actos, la serie/armario y la serie/hornacina. Ir a la huerta de Felipe, a los conciertos, al cine, recibir en casa a todas aquellas locas, desafiar a don Agustín y el clericato, eran actos que pertenecían a la serie/armario. Subir a ver a la abuela cuspidal, besar la mano por la calle a don Luis, el coadjutor (yo huía de eso), rezar el rosario, no hablar de hombres y mujeres delante de Eugenia Primo, pertenecía a la serie/hornacina. (Me divierte ahora hacer pseudoestructuralismo de juego con estos temas, porque el estructuralismo iba a ser, poco más tarde, el parvulario de mi pedantería adolescente, ya sin madre.)

Y una vez, en uno de sus primeros *viajes*, Inocencia me dijo: «Al tren no, pero voy a llevarte a otro sitio antes de irme yo a la estación.» Y me llevó a ver al abuelo en San Julián. Ella le rezó. Desde entonces supe que hacía siempre esa visita a un extremo de la elipse ferroviaria, antes de ponerse en viaje hacia el otro extremo. Nunca le dije nada a mamá ni a nadie.

Más que por discreción, por desprecio. Aquello pertenecía a la cultura tribal de las criadas y, sobre todo, al otro grupo, al otro hemisferio de la familia, al mundo de la urna cineraria.

Yo estaba, con mamá, en el mundo del espejo.

Creada, recreada por un viento mozartiano, la música como revés del aire, Mozart poseyendo a mi madre mediante los ejércitos de la duda, a los que seguiría la certidumbre presentísima y barroca, como una mujer contra la tormenta, que al fin es ella la tormenta misma, o la línea ascensional de Bach, escalas de luz que descendían hasta ella, oblicuas, haciéndomela una santa Teresa en cuyo pecho la música penetraba punzones de un misticismo laico, algebraico y agudo, vigilado por mí, no sin celo/recelo, tras la cartulina abarquillada del programa del concierto, y finalmente, o prefinalmente, Beethoven, que explicaba a mi madre mejor que nada, mejor que nadie, sobre todo en los cuartetos (hubiera querido yo entonces, adolescente, ser músico para explicar a mamá mediante otra palabra que la escrita, ser precoz como Mozart: la música es el dialecto natural de la adolescencia y, en almas de segundo orden, como la mía, el poema, el lirismo, lo poético).

Beethoven, lírico y dramático, el más narrativo de los tres grandes, me contaba la historia de mi madre, se la contaba a ella, porque, tras la fiesta de Mozart y la cuaresma de Bach, Beethoven era la confidencia, la confesión, la narración, la novela, el relato que, como he puesto al frente de este libro de mi madre, con palabras de un ruso vanguardista y prerrevolucionario, es el relato de nuestra vida, y nuestra vida no tiene fábula ni héroe, y cuando uno descubre eso (Ossip Mandelshtam lo descubrió muy pronto), ya toda la vida es lucha por transformarse en fábula, y epopeya por transformarse uno en héroe.

Queremos que nuestro tiempo sea nuestra fábula y nuestro otro yo, nuestro Otro (que Freud situó muy dentro, pero que está fuera, en el pasado o el futuro), sea nuestro héroe. No hay fábula ni héroe fuera de la música, y mi madre, fábula rota, héroe/heroína que incorporaba en sí al húsar de sangre y al preso de Ocaña, estaba enferma.

Sólo la música, aquellos conciertos vespertinos (a veces matutinos, algún domingo), aquellos conciertos semanales o quincenales, según, sólo la música me la devolvía héroe y fábula, y he querido que este libro fuese, como el poema para el poeta, una larga vacilación entre el sonido y el sentido, porque el sonido de Bach/Mozart/Beethoven me daba el sentido trinitario de mamá.

Mozart, el preso geometrizado en una celda de espejos. Beethoven, el húsar revolucionario, viril e inspirado. Bach, ella misma, transfigurada por un rayo/dardo de música transversal que le bajaba hasta la mano de escribir cartas políticas, hasta el pecho de querer a un uniforme vacío y a un pescadito que iba dejando de serlo.

Mamá era la mística de la música. Mamá laica era la santa Teresa de los cielos pautados con tormenta de pianos.

Así como en el armario encontraba yo un repertorio de madres —una en cada vestido suyo, una en cada perfume—, en la música encontraba un repertorio de mujeres, pues que los místicos la transverberaban, los barrocos la hermoseaban y los románticos la agravaban.

Mamá era la hiperestésica de los conciertos, como había sido la hiperestésica del Casino, entre los hombres que sabían de política madrileña y política cereal de la comarca, y como había sido la hiperestésica de la guerra en el Salón Rojo del Corisco, silueta, imagen, puesto que le dejó libre a Luisa Lammenier, con el tiempo: pero Luisa Lammenier no era más que una hiperestésica sexual y masturbatoria que luego se calmaba la hiperestesia, un escozor, con los polvos de talco que le traía la Ubalda.

Mamá (lo comprendía yo retrospectivamente, lo recopilaba, lo monografiaba en la memoria de lo que no había vivido, de lo que uno no ha vivido, que es la más minuciosa y misteriosa), mamá había sido la hiperestética de la ciudad, y todo el teatro miraba para ella, cuando la ópera, el concierto o el drama, pues que sólo por ella (aparte admirarla en su soledad de Greta Garbo) sabían cuándo había que emocionarse y cuándo no, cuándo había que tener el orgasmo musical.

Cuando pasó de ser la conciencia estética de la ciudad, muy joven, a ser su conciencia política, es cuando comenzaron los problemas, las amenazas, la hostilidad, el silencio y los tinteros con un sapo de tinta negra en el fondo. Ya empezaba yo a fijar, delimitar y toponomizar la vida de mi madre, que primero había sido un poema, y no quería, en mi interior, que acabase siendo una novela.

Alguien escribiría que la entidad es una ortopedia. La entidad de mi madre, que se me escapaba cuando quería fijarla, que me acezaba, presentísima, cuando yo estaba en otra cosa, se expandía, se gozaba y nos hacía gozar en la música, sin ortopedia ni tragedia.

Más que a oír música, ella iba a los conciertos a ser pulsada por la música. Era una de esas criaturas/instrumento en quienes siempre tañe algo: la música, la vida, el amor, la poesía o simplemente el tiempo.

Los conciertos de mi ciudad, quincenales o semanales, como he dicho (a veces matutinos y dominicales, casi siempre vespertinos), estaban a cargo de la orquesta sinfónica municipal, pero se enriquecían con frecuencia mediante la visita de un solista de prestigio nacional (o internacional), un cuarteto de cámara o una cantante.

Más raramente nos visitaba una orquesta estatal (de nuestro Estado o de otro) en pleno, y entonces el director de la orquesta local vivía ese momento de gloria protocolaria y falsa, que sin duda le gratificaba mucho, de dirigir a la gran orquesta en alguna breve pieza, pero era la gran orquesta la que le llevaba a él (como a los pequeños directores niños y precoces, de moda entonces).

Esta circunstancia protocolaria, que le permitiría a nuestro director local contar toda su vida por los cafés de la ciudad, que había dirigido la Sinfónica de Viena, por ejemplo, me hacía pensar a mí en la ya vieja verdad de los lingüistas, según la cual nosotros no hablamos una lengua, sino que la lengua habla a través de nosotros.

El idioma es el río que nos lleva.

La gran orquestación de una lengua como el castellano, en la que aún se escuchan las trompetas latinas, y hasta el caramillo griego, más el entrechocar de espadas barrocas, no puede ser reconducida por ningún hombre, por ningún escritor. Escritor no es el que reordena el mar a su manera, cosa imposible, sino el que sabe echarse en la corriente del idioma, en las mareas de la lengua, y dejar que le atraviesen en todas direcciones. De ese naufragio debe hacer su cántico.

Cosas así empezaba yo a pensar, artista adolescente, en los conciertos semanales o quincenales (quincenales porque lo fijaba el programa de actuaciones o porque mamá no se encontraba bien aquel día y decidíamos saltarnos un concierto). El director local a que he aludido era un hombre con ese aspecto sucio que tenían los artistas posrománticos de antaño, y que de cerca estaba más bien limpio, sólo embarnecido de arte, obsesiones, gloria, frustración, soledad, trabajo o falta de trabajo. Tenía una melena furiosamente abundante, unas gruesas gafas de miope de la música (hay los miopes de la música, como hay los sordos de la lectura, de lo que están leyendo), una cara grande, cenceña y buena, una chalina conmovedoramente *artista*, una corpulencia desencontrada y no destinada, que él iba bamboleando marineramente por la ciudad en seco, de café en café, de clase en clase de música, por los pisos, o del Conservatorio a casa o al teatro, y que en los días de concierto le hacía un poco Prometeo mal encadenado a aquel frac o lo que fuese, pues que esa clase de ropa subraya la distinción de los distinguidos, pero subraya asimismo, en vez de corregirla, la ordinariez de los ordinarios.

Aunque yo no tenía que ver mucho con la música, entreadivinaba en aquel hombre la imagen del fracaso artístico y provinciano, que era lo que más miedo me daba en la adolescencia insegura, o desesperadamente segurísima, que viene a ser lo mismo. Yo no me decía que no quería ser, de mayor, como tal o cual periodista matalón de la ciudad, sino que no quería ser como aquel músico, siendo así que estaba muy lejos de la música y sus glorias o fracasos.

La imagen de la frustración, como la imagen del éxito, se fraguan a sí mismas, en nosotros, con el material que quieren. Mas para mí estaba claro que la excesiva corporalidad de aquel director (incluso su excesiva bondad, quizá), la experimentaba la música como opacidad, y que si el castellano fluye fácil por Quevedo y difícil por Gracián, siendo dos barrocos y conceptistas, a la música le debe pasar algo parecido con los hombres. De modo que toda la verdad musical que recibía mamá en los conciertos, no la recibía gracias a aquel director/traductor, sino que la recibía, quizá, a pesar de él.

(Y no sé si estoy siendo injusto con el remoto músico provinciano.)

De pequeño me había gustado ir con mamá a los conciertos porque eso me hacía grande, y de grande iba como con una cierta condescendencia irónica, muy de la presunción adolescente, sabiendo que el músico y la orquesta eran malos y tocaban siempre lo mismo. (Mamá mejoraba lo que oía como Baudelaire mejora a un poeta mediocre sólo por ocuparse de él en un periódico. Mamá se entendía con Bach y Mozart, se entendía con la música a pesar del ruido: la orquesta.)

Mi madre se entendía con la música como el creyente se entiende con Dios, a pesar de los teólogos.

Cuando mamá era, como he dicho, la conciencia estética de la ciudad, la Greta Garbo que no precisaba imitar a Greta Garbo, como las demás, porque ella tenía su manera de ser y no ser Greta Garbo, en aquellos tiempos el concierto giraba un poco o un mucho en torno de ella, que llegaba de blanco, que había llegado, no sé, no recuerdo, desde siempre, desde antes de nacer yo, y luego, años más tarde, conmigo de la mano, y quienes no lograban conversar con ella, en el entreacto o a la entrada o a la salida, conversaban conmigo, como esos cortesanos que, perdido el favor de la reina, aún saben y practican juegos con que distraer al principito.

Eran algunas marquesas, la aristocracia local, doña Alfonsa, alta burguesía y burguesía comercial que quería ilustrarse, el catálogo provinciano, siempre igual y siempre renovado, el director de un periódico, el director de un banco, el poeta local, el señor de Barbanza, la pescadera llena de joyas y de lípidos, madre de María Antonieta, la primera muchacha que me besó en la frente, que me eligió, despertándome de mí mismo, como en beso a Lázaro, resucitándome la confianza sexual (muchacha con la que tuve o no tuve un amor imposible que he contado o contaré —no sé, ya, no recuerdo, da igual— en algún libro).

Cuando mamá pasó a ser la conciencia política de la ciudad, las relaciones eran otras, los amigos eran otros, y le besaba la mano el director del otro periódico local (el progresista), mientras el director del periódico del clericato se distraía del cumplido en su dandismo cursi de pajarita, cuello alfonsino, junquillo chapliniano, gemelos de la camisa con las armas del Vaticano, bigote militar y aire inevitable y teatral de malandrín de Lope. O don Alonso de Barbanza, noble, bastardo y diletante, enemigo del jefe político de mamá, melena blanca de palomo viejo.

Había ocurrido ya de alguna forma, en algún lugar sin lugar, aunque faltase mucho para que ocurriera, el episodio de nuestra visita a don Agustín, y aquel periodista/vaticanista lo sabía, como saben todo los personajes de novela, que no otra cosa es el que aquí explico.

—¿Le gusta a usted Bach?

—Delicioso, delicioso.

—Yo prefiero la música sonora —decía el joven pedante/adolescente con pipa, prefascista, prehomosexual y prehombre.

Yo comprendía que a lo mejor se estaba refiriendo a la música de Wagner, porque no concibo una música no sonora, y me quedaba claro que, así como mamá se entendía directamente con la música a través del ruido (la orquesta), aquel joven de cachimba sólo se sentía conmovido por el ruido, a la hora de oír música.

Todavía alcancé el reinado entre apolíneo e hiperestésico de mamá en los conciertos semanales. Después de la guerra que dicen que hubo, parece que la música era la única catedral que se había salvado de los bombardeos wagnerianos (aquel wagnerismo de la violencia que gustaba a Emérito, el cachicán de los pinares).

La música, basílica de Bach, catedral de Beethoven, capilla de Mozart, era la única arquitectura que se tenía en pie.

Siempre se salva lo más leve.

Mamá volvió a los conciertos, y yo con ella, como he contado y cuento, pero, en los últimos tiempos, cuando el cerco de soledad, los cercos de hostilidad/odio/enemistad/maldad se iban haciendo concéntricos e intransitables, mamá empezó a dejar de ir, porque ni siquiera la música la defendía.

Por lo tanto y por supuesto, también yo dejé de ir.

Sólo una vez probé a ir solo, o dos, y aquello era como estar en el campo de concentración de la música, entre dos farallones fallecidos: el farallón de un público de piedra y el farallón de una mala música mal tocada, tapia de ruido con espinos y espinas de violín insuficiente. Creo que me salí antes del final.

Alguien, quizá el señor de Barbanza, que la había admirado a distancia, me preguntó por mamá, pero le contesté de cualquier manera o no le contesté. Comprendí, de vuelta a casa, solo, entre la niebla, yendo hacia ella, que la música es sólo ruido sin la criatura destinataria, como el público es sólo empadronamiento, sin su reina natural. Lloré.

Más que vivir la música, había yo vivido todas las madres que la música sacaba de la música, todas las mujeres que había en ella, porque el amar a una mujer (madre, hija, amante) es eso: amar la sucesión de mujeres que ella es y que cualquier cosa —cualquier cosa, no— puede desencadenar.

Hasta la música le había sido encenagada de odio, como el tintero/sapo de la oficina. Don Alonso de Barbanza, nobiliario y bastardo, pintor y diletante, había tenido un pleito, tantos años atrás con el jefe político de mi madre. Don Alonso perdió el pleito y aún le concedieran la satisfacción de reconocerle que, en todo caso (el pleito era por injurias), don Alonso de Barbanza, por su honor familiar y su apellido, quedaba a salvo.

Pero cuando la guerra en la ciudad, el jefe político de mi madre, buscado en su casa para asesinarle y escondido en el balcón cerrado, por fuera, fue a poco sorprendido y fusilado. Don Alonso de Barbanza, noble y bastardo, diletante y pintor, frustrado doblemente en Madrid y París, ya tenía el honor bien reparado.

En la calle, en la noche, en los conciertos, su melena gris de palomo viejo, su rostro desplomado, su quijada monstruosa, su gran pipa, ponían una bohemia de holgazán con castillo en la vida tan gris de la ciudad.

Betsabé Caravaggio, de las Caravaggio de toda la vida, me estaba destinada, como he dicho, o se me sabía destinada en matrimonio por el concilio enlutado de sus tías, madres, abuelas, tías/abuelas y gentes.

Esto era la ironía indiferente de mamá, y mi indiferencia ni siquiera irónica, porque si bien la niña tenía la cara del Niño Jesús de Praga de mis devociones más infantiles, esa belleza de hornacina no me decía nada y, por otra parte, su cuerpo, que era como el de tres meretrices gordas, juntas en una y transmutadas a la adolescencia por algún moro mago y amigo, su cuerpo era una primera tentación curiosa —más curiosidad que tentación— para el pequeño amador de las esbeltas amigas de mamá y, sobre todo, de mamá misma.

Betsabé Caravaggio, de las Caravaggio de toda la vida, había sido «la preciosa carga» de las novelas rosa (colección Pueyo, novelas selectas) cuando yo, de muy niños, la columpiaba en los columpios del parque, y sus ya alpestres glandes, más el modelado montuoso de las caderas, encajaban penosamente (no encajaban) en el cajón breve del columpio infantil. Pero me enardecía oscuramente aquel esfuerzo, aquel estar moviendo y columpiando tantas arrobas de niña/mujeraza, más el contacto en raso de su vestido, de su cuerpo (alguna gala de las tías, dada la vuelta para ella) y la entrevisión de unos muslos blancos y partenónicos con ligas flordelisadas. Pasaban meses sin que nos viéramos, salvo en lutos, excursiones, funerales, navidades, primeras comuniones y aniversarios de algo, que la tribu de las Caravaggio se regía mucho por el tótem y el tabú de los aniversarios.

Crecíamos uno lejos del otro, o más bien yo crecía y ella engordaba. Luego vinieron las clases nocturnas en la Universidad, la Universidad nocturna de la adolescencia, donde no sé si coincidimos o sus madres nos hicieron coincidir. Yo, que como ya he contado aquí, ejercía un cierto dandismo impúber, a lo Freddie Bartholomew, respecto de mis condiscípulos y condiscípulas, no pude evitar la camaradería, o lo que fuese, de Betsabé Caravaggio, niña que me estaba destinada, y cuya familia le tenía puesto un cirio priápico a santa Rita de Casia, en una iglesia de la ciudad, para que Betsabé no menstruase (estaba de sobra en la edad de la menarquía) hasta no haberse prometido formalmente conmigo, pues querían entregarme, no ya una virgen, sino un ángel sin sexo. Un ángel gordo.

—¿Vamos a rezarle un poco a santa Rita de Casia? —me decía ella a la salida de clase.

—¿Para que aleje el demonio rojo de tus menstruaciones? —le decía yo, haciendo satanismo con granos.

Betsabé callaba, enrojecía en blanco, bajaba la cabeza y caminaba a mi lado, con los libros y los cuadernos contra los grandes pechos, sujeto todo —libros, cuadernos, pechos— con sus manos cruzadas de abadesa gorda.

En esto veía yo que la niña era víctima, más que cómplice, de una conspiración familiar, y así se me hacía ya más cercana, más transitable, de modo que íbamos por entre el tenebrismo sin misterio de la niebla, comprábamos castañas asadas, jugaba yo un poco en los billares, más que por afición, porque ella me esperase a la puerta (no entraban mujeres en aquellos billares estudiantiles a lo Pérez Lugín, aunque seguramente en Pérez Lugín no hay billares), aterida y resignada, recibiendo el piropo/insulto de los que entraban y salían, y sabiendo que la tenía segura, cosa que me daba seguridad, independientemente de que no pensase, en absoluto, casarme con Betsabé, menstrual o no menstrual y al margen de las celestiales decisiones de santa Rita de Casia.

—¿He tardado?

—No, podías haberte quedado más.

—Perdona, es que hay partidas que tiran mucho de uno.

Era la mía una cortesía falsa que quería poner el énfasis en la tardanza, por dejar clara la sumisión de ella, la sumisión de aquel tonelaje de carne niña y rosa, como todo un retablo de ángeles rococó reunido en la faja y el sostén de una sola mujer. Algo así.

Seguíamos paseando por entre el frío y la niebla. Hablábamos de las clases e íbamos a parar, con ese enardecimiento que el frío da a los muy jóvenes, a San Gregorio, San Pablo, San Benito, portaladas plateresas o manieristas ante las que a mí me gustaba sentarme (siempre había por allí un banco, una fuente y hasta un pino centenario).

Era otra vez la situación de cuando la niña Eva, frente a la catedral gótica, que se había convertido para mí en el monumento interior al mal, a la dejación de mamá por la mano de loto de una niña hija de meretriz.

Allí estaban los profetas, las sirenas y los satanases del plateresco, los Adanes violentos y lascivos de Berruguete, los santos barrocos, comidos de la lujuria mística, pero yo no experimentaba ya, en absoluto, sentimiento de culpa, porque me había hecho hombre, como me gustaba decirme por dentro, porque el amor por mi madre se había configurado en mí con una precisión y complejidad que dejaba libres otros espacios para acoger incluso magnitudes corporales como la de Betsabé, y, sobre todo (razón última, verdadera, mediocre y cínica, que apenas quería confesarme), porque no estaba enamorado de la muchacha. Ni creía poder enamorarme de ninguna otra, salvo la curiosidad y práctica sexual, pues que el amor a mi madre era también amor a mujer, y, por impracticable, por irreal, sempiterno. De modo que yo no llevaba dentro, ya, ni mucho menos, desde hacía largo tiempo, las gárgolas y los monstruos de la catedral gótica, alegorías en piedra del pecado, Paraíso natural envilecido, ni el murciélago inmenso que había sido la catedral tapando todo el cielo de la infancia, en aquella ciudad del otro extremo de la elipse en que viajaban nuestras vidas.

El plateresco, así, el manierismo, el rococó, el churrigueresco, me poblaban la imaginación estética y creadora para siempre, no la imaginación ética, que es a lo que llamamos moral: a las creaciones negativas y compulsivas que nacen del sentido de la muerte.

Hay una imaginación generada por la conciencia de muerte y una imaginación generada por la conciencia de vida. A veces una de ellas, cualquiera de ellas, se pone al servicio de la otra, y de ahí cierta confusión entre amor/muerte, sexo/destrucción, etc. Pero lo cierto es que la imaginación generada por el sentido de la muerte da nuestras creaciones morales, religiosas, y la imaginación generada por el sentido de la vida da nuestras creaciones eróticas, lúdicas, progresivas. Aquellos canteros anónimos de la sinfónica fachada de San Pablo, de la portalada de San Gregorio, de la sillería de San Benito, habían trabajado en el equívoco de cumplir un encargo de la religión (la muerte) mediante un encargo que les hacía su inspiración creadora (la vida).

Así es como, irónicamente una vez más, la Historia y la cultura se han burlado, al fin, del ecumenismo religioso y sus mecenazgos. Con Betsabé al lado, mareado yo de mirar a la altura de San Pablo, al códice en relieve, a la novela ascensional de aquella fachada, llegaba a integrar a la niña en un barroquismo de ángeles gordos, en una mitología de Rubens. El contraste de su cara santificada con la insolencia de su cuerpo superabundado, era ya un juego barroco, un arrepentimiento conjugado, y por ahí, mediante el rodeo culturalista, podía yo volver a gustar la gracia absurda, excesiva, inocente y estabularia de Betsabé Caravaggio.

De modo que le explicaba a la niña todo lo que se veía y lo que no se veía en esos grandes movimientos de la libertad que son las obras religiosas de la Iglesia, pues que la Iglesia ha subvencionado, sin saberlo o sin quererlo, el progreso de la libertad creadora en Europa, por corporalizar de alguna forma, para la inmensa feligresía, todo el barullo de los teólogos.

El Cristo de Velázquez gana más fieles que toda la teología de santo Tomás, que toda la patrística reunida. Así se lo decía a la niña:

—El Cristo de Velázquez hace más creyentes que las Escrituras, el Evangelio y santo Tomás. Todo eso sobra cuando Velázquez pinta un Cristo.

Betsabé no sabía muy bien si yo estaba diciendo sacrilegios, pero en sus ojos de cristal y llanto estaba la fascinación por el joven sacrílego.

—Qué cosas dices, Francesillo. Me parece que casi son pecado.

—En cuanto uno empieza a pensar por su cuenta, ya es pecado.

—Piensas demasiado por tu cuenta. Eres demasiado inteligente, y eso me da miedo.

—El miedo se pasa con un beso, Betsabé.

Y Betsabé se estremecía en sus quintales, lloraba sin

lágrimas, tenía más cara de Niño Jesús de Praga que nunca y, al fin, mientras yo permanecía inmóvil, se inclinaba hacia mí (vaho de mucha mujer y de inocencia) y me besaba en la boca tenuemente, sin profundidad. La orgía plateresca de San Pablo, pífanos y sátiros, descendía sobre nosotros con música callada, sacrilegio y zéfiros.

Así era, más o menos, nuestro crepusculario cotidiano.

Betsabé Caravaggio, de las Caravaggio de toda la vida, venía a veces a casa, ella sola conmigo, cuando salíamos de clase, porque hacía demasiado frío para sentarse ante el cine del plateresco de San Pablo, y porque no teníamos dinero para otro cine. Si mamá dormía, si mamá tenía tertulia de amigas (tertulias que ya he descrito), si mamá había salido con la prima Samaritana (incógnitas salidas a aquella hora, tan mala para su pecho, salidas que nunca descifré), entonces la niña y yo, que en principio habíamos ido a mi casa para repasar las lecciones de la Universidad nocturna, recorríamos pronto los desvanes, las escaleras, las estancias cerradas, que abríamos, la alcoba italiana donde muriera la tía Algadefina (prefiguración de mamá, preboceto que suele darse en todas las familias, como a través de las especies se viene prefigurando el hombre).

—Se ve que habéis sido una gran familia —me decía Betsabé.

—También vosotros, Betsabé.

Era cosa de andar en silencio, pero los siglos crujían en la madera bajo los dulces quintales de la muchacha. Nos asomábamos, así, a la soledad de mi madre (éste era el caso que más me tranquilizaba), cuando ella, sentada en la cama, leía o escribía como una Greta Garbo de película, en la carta final, trágica y desenlazadora. Subíamos a los altos desvanes de la abuela cuspidal, y ya hasta la escalera nos llegaba una resaca de rosario. Entreveíamos, como en un cuadro de Velázquez, el grupo de las criadas y algún criado, presidido por la abuela en su sitial, un libro forrado de crespón negro entre las manos, porque la humildad cristiana le dictaba dejar el rosario de plata y marfil en manos de la Ubalda o la Inocencia, para que lo llevasen ellas. Y allí estaba san Alejo, que talmente era el Portu, igual, igual, rezando en galaicoportugués (pero el Portu se había quedado en la otra ciudad, de encomendero del primo Paulo), arrodillado al pie del sitial de mi abuela, con el perro al lado, se diría que también piadoso, y yo le veía aura al Portu, al santo, lo que fuese.

—Ése es un santo de la casa, Betsabé. Es san Alejo, ¿no le ves el aura?

—Pero si es el Portu, Francesillo. Está aquí sirviendo antes de que naciésemos tú y yo.

—Es san Alejo, Betsabé. No entiendes nada, estúpida. La abuela lo tiene destinado siempre en el cuarto de mamá por ver si la convierte, y se está detrás de la butaca verde, en un banzo que hay, siempre haciendo oración, y además porque...

(Le iba a decir a Betsabé que san Alejo era la presencia impuesta por el núcleo/abuelo/hornacina de San Julián, frente al Byron de sangre del armario, pero eso era ya demasiado misterio y no le dije nada, que yo no me iba a casar con la muchacha y no tenía ella por qué saber los secretos de armario de la casa.)

—Te burlas, Francesillo. Ése es el Portu.

—El Portu no está aquí. Está con primo Paulo. ¿No le ves ahora el aura a san Alejo?

Nos íbamos de allí, escalera abajo, antes de que la abuela cuspidal, o una criada, reparase en nosotros y nos incorporasen al santo rosario.

Bajábamos al sótano, a las carboneras, reino de cucarachas, catacumba de nosotros mismos, donde las sombras eran hombres de Cro-Magnon, y el homínido de Grossetto, tallado en el carbón, mina nocturna, mirándonos con ojos de Prehistoria.

—Hay algo allí que brilla, Francesillo.

—Es el carbón, idiota, porque el carbón es un diamante feo. El demonio de los diamantes.

—Qué bonito y qué raro eso que dices.

Luego pasábamos adonde la portera, zarina de tortugas y de gatos. Vieja tortuga de oro, con patas de percebe, joya de una tarde en que enterraron/beatificaron/embalsamaron al abuelo. Sabina, con su brazo hinchado, con su mano congestiva, como la mano de una serpiente que tuviese manos, le daba mondas de guisante a la tortuga, muy despacio, como toda la vida.

—Mira, es Sabina. Y ésa es la tortuga. Tiene el caparazón de oro. Una cosa única. La tarde que mi abuelo subió a los altares, yo la pasé en un sitio muy alto, no sé dónde, con la tortuga y con Sabina y con una sobrina de Sabina, la portera, que se llamaba Amalita y tenía la braga malva. Era una niña. ¿De qué color tienes tú la braga?

—Me pones colorada, Francesillo. Tu abuelo está en ataúd de cristal, en una urna, como un Cristo yacente de Gregorio Fernández, en San Julián.

—Como un Cristo yacente, pero vestido de consumero.

—No digas eso. Nosotras vamos a rezarle con frecuencia. Era un santo tu abuelo, aunque se tratase con don Francisco Giner de los Ríos, que era laico o algo así.

Me irritaba el *nosotras*, el clan femenino y enlutado de las Caravaggio.

—Ya. Vosotras sois del grupo de los abuelos. Pues yo estoy con mis padres, con mamá, y con el uniforme, con lord Byron, tú qué sabes. Yo nunca voy a ver al abuelo a San Julián. Un santo consumero. Me da risa.

—Eres malo, Francesillo.

Pero estábamos de vuelta hacia la habitación de los estudios, y la ira, como suele ocurrir, si hay caso, se me transformaba en lujuria, de modo que apretaba a Betsabé contra el homínido de Grossetto, en las carboneras, le mordía la boca de lámina, recorría con mano temblorosa sus muslos, hasta las ligas flordelisadas, y ella vivía un horrible pecado, con su novio presionándola por delante y el homínido de Grossetto, mineral y erecto, penetrándola por detrás.

Una mañana me llamó la abuela. Venía la Ubalda:

—La señora le llama, señorito.

Estaba yo leyendo a Paul Verlaine, y mamá había ido sola (pocas veces ocurría) a la oficina. Quizá la abuela aprovechó la circunstancia.

Me pasé una mano por el pelo, me apreté la corbata, abombé el pantalón bombacho y, como no me apetecía dejar la lectura, subí con el libro en la mano, un dedo de señal entre las páginas.

Ubalda iba muy por delante en las escaleras, como para anunciar mi presencia. Y detrás, muy detrás, venía Inocencia, así que era yo como un preso conducido discretamente por dos guardias.

La escalera de la casa, con maderas enceradas al comienzo, con tapices, flores de trapo, cardos, payasos modernistas, de pronto se trocaba, en las alturas, y la madera se hacía cruda, la alfombra había desaparecido, los brillos habían perdido brillo, los oros falsos eran, ya, sólo su falsedad. Algo entre palomar y conventual.

Subía yo más despacio, a medida que subía, por cansancio físico (me gustaba, a veces, pensarme tuberculoso como mi madre) y por rechazo al encuentro con la abuela, que ya sabía yo de qué iba a hablarme, o no lo sabía en absoluto, pero en todo caso no me interesaba.

Por troneras al cielo, más que la ciudad, se veía o adivinaba como un campo inexistente. Entraban y salían palomas de no sé dónde. Todo me era conocido, pero todo se recreaba aquella mañana.

Alto pajar de la vieja, palomar de una familia, olor a biblioteca sólo deletreada por la humedad y el sol, según las estaciones.

Era, sí, un cielo de campo, y no el de la ciudad, el que acendraba su azul en cada tronera o ventano, a medida que se subía más alto.

Una paloma muerta en el rayo de sol tenía latín de gatos en su torno.

La mañana era agrícola, los cielos eran una sementera. Pensé en el libro que llevaba en la mano. Nada de la bufanda de bruma de París, ni los violines del otoño soñando en el peluche de los cafés llenos de ataúdes.

«De la musique avant toute chose.»

No había música en el tejado de la casa. El zureo del tiempo entre las tejas, y los largos desvanes con ropa amortajada de los antepasados.

El latín de los gatos venía de alguna misa que le rezaban diariamente a la abuela. Pero solía ser tempranera en sus devociones.

Se levantaba al alba.

¿Por qué el latín, aun a aquella hora (media mañana)? «Sin duda está muy enferma», medité.

Ya no subía escaleras, sino que andaba galerías como claustros de un cartujanismo profano, con pamelas de antaño quemadas por el sol y cerezas de cristal, en ramillete, que alguna loca hubiera lucido en el pelo, quizá, en la media noche.

Ya se iba el cura. Venía la peinadora.

—Hoy almuerzas conmigo, nieto.

Don Luis, el coadjutor, con gafas verdes y mitra natural, salía con sacristanes y custodias. El Portu, san Alejo o quien fuese, le llevaba la cola hasta la puerta, y el servicio se arrodillaba.

Un gregoriano picado de gallinas era el rastro perdido de la misa.

La peinadora, remorena y cruda, se acercaba a la abuela, a su alto trono, le echaba el peinador por los hombros, ponía las tenacillas a la lumbre, probaba en los periódicos de antaño, que soltaban su humo y su chamusquina. Un ángel de abrótano macho pasó por las troneras, se fue al cielo.

—¿Qué libro es ése, nieto?

Y me acordé del libro que llevaba en la mano. Y lo mostré un momento, sin soltarlo.

—Nada, versos. Un poeta francés, Paul Verlaine.

—Un francés, o sea un masón.

—Puede que un francmasón, abuela.

No cogió la ironía.

—Tu madre no vigila tus lecturas. Y vas saliendo al padre, volteriano.

—No es Voltaire. Es Verlaine.

—Masones y sacrílegos, todos esos franceses. Que sales a tu padre, ya te digo.

La abuela de los helechos arborescentes se había enfanatizado a sus cien años. La abuela de las ánimas del purgatorio, se había inmortalizado. La peinadora, cenceña y cuarentona, se sujetaba los pechos con la mano izquierda (dedo meñique al aire), al inclinarse, para que no se le salieran por el escote cuadrado. La calavera de la abuela tenía así a su lado, sin saberlo, dos repartidas manzanas con el frondor oscuro de la carne.

—¿Vas a ver al abuelo todas las mañanas?

—Ahora voy menos.

La abuela estaba rígida, sujeta con las manos a su trono de mimbre.

Yo, a larga distancia, con los brazos caídos y un dedo dentro del libro en verde de Verlaine.

Era una calavera donde sólo el belfo ponía carnosidad, sangre, energía, y la tristeza dura de los ojos. La peinadora, en torno de ella le iba encañonando el pelo largo y escaso, blanco en amarillo.

La abuela, distante, con el peinador de encaje, fija, seria, era el maniquí de la muerte sometido a los afeites de la vida, todo como en una alegoría manierista demasiado obvia. Yo estaba incómodo.

—No rezas al abuelo. Y tu madre tampoco. Y tenemos un santo en la familia.

El triángulo teológico de la luz en el suelo y el olor a noticia remota y requemada, o sea las tenacillas de la peinadora, haciendo su trabajo con halago.

—Hay que cuidar el pelo a la señora. Tiene un hermoso pelo la señora.

Vino un gato y me olió los pantalones. Me agaché a acariciarle. Era rubio y tenía un lunar en la tierna carnecilla de la nariz. Le iba a coger en brazos.

—No cojas ese gato. Te llenará de pelos. Además que se envician. No hay que darles demasiado cariño a las bestias.

No había que darle demasiado cariño a nadie. Rezar al esposo perdido, al abuelo perdido, podría ser una manera de no amarle. La devoción suele sustituir la emoción. A eso se le llama religiosidad.

La abuela era una persona religiosa.

La morenez cuarentona y apuntalada de la peinadora me divertía en mi espera. Tenía cara de gitana falsa, la peinadora, manos redichas y muy buenas piernas. La bata le llegaba por las corvas.

—¿Tu madre no te lleva a San Julián?

—Me lleva a los conciertos.

—¿Y tocan gregoriano en los conciertos?

—A veces, abuela.

La peinadora gastaba medias humo de costura, y la costura le subía muy recta por la pantorrilla, tirante, supuse que hasta el muslo tallado como un cantero, hasta la liga de color neumático que solían usar las gentes «artesanas», como decía mi abuela de los pobres, no sé si redimiéndolos o confinándoles en su pobreza.

El gato se instaló, rubio de oro, en el triángulo teológico del sol en la tarima.

—Tu madre está muy enferma. Si no va a San Julián, le voy a traer a casa el santo viático.

Estábamos sentados a la mesa. Bendecía la abuela los manteles.

—Mamá no está muriéndose. Qué miedo.

—¿Sabes la comunión de los enfermos? Si ella no va al Señor, el Señor vendrá a ella. Sé que vivirá poco. Se me han muerto otras hijas. Se me ha muerto todo el mundo.

Me indignaba esa indiferencia objetiva y cruel de los cien años, tan parecida a la indiferencia adolescente (que quizá seguía siendo la mía, salvo con mamá).

—Mi madre no se muere. Yo voy con ella al médico. Esta ciudad tan fúnebre, que la odia, es lo que la está matando.

—La mirarían con mejores ojos si rezaseis un poco más los dos.

—Y qué le importan a ella los ojos de esas bestias. Fuimos una vez a ver a don Agustín. Le hablamos de la Eladia, de Manuela, mamá pidió para todas y para sus familias que lo pasan muy mal. Tú no lo sabes.

—Yo convivo con ellas y les regalo un chal por Navidades. Y hasta algún rosario.

—Don Agustín no le hizo ningún caso a mamá.

—La miseria se ayuda con el rezo.

Comíamos sopa de ajo, y tortilla francesa, y natillas. Siempre comía lo mismo mi abuela. La Eladia nos servía calladamente.

El Portu/san Alejo, no sé dónde, rezaba arrodillado en un rayo de sol.

—Mamá no va a morirse.

(Esto me había herido agudamente, cuando la abuela lo dijo.)

—¿Y tú qué vida haces? ¿Serás como tu padre, un volteriano?

Tenía yo sobre el mantel, al lado de mi plato, el tomo verde de san Paul Verlaine. Tenía ella junto a sí aquel misal negro. El ajo perfumaba como una santidad todo el almuerzo.

—Voy a ser escritor.

—Hazte predicador. Ve al Seminario.

—La teología me aburre.

—Pero tienes voz.

—¿Se salva por la voz a las beatas?

—Necio, sandio. Eladia, las natillas están sosas.

—*De la musique avant toute chose.*

—¿Por qué no hablas cristiano?

—Perdona, abuela. Verlaine era cristiano.

—Eladia, las natillas están sosas.

La abuela, en sus desvanes, en aquel juego de buhardillas, estaba ya en su cielo. Segura de haber muerto y estar viviendo la vida perdurable.

Un cielo disponible y con buen tiempo.

Ella estaba allá arriba, presidiendo un firmamento de criadas, ángeles del badil y la limpieza. El abuelo, beato, estaba en San Julián, en urna de cristal, vestido de domingo y de Consumos.

—Tu abuelo era un gran santo.

—¿Y por qué está vestido en la hornacina?

—Qué desvergüenza. No iba a estar desnudo.

—El Cristo está desnudo.

—Es escultura.

—Pero desnudo murió en la cruz.

—No hables más herejías, nieto. Irás con más frecuencia a rezarle al abuelo. Que te vean las gentes. Eso hará que se estime más esta casa, a la que nadie estima por culpa de tus padres. Y a tu madre le voy a traer la comunión de los santos.

—Mamá no es una santa.

—Descarado. Claro que no es una santa. Me salió anabolena. Y luego ese hombre. Hay que darle a tu madre la comunión de los enfermos.

—¿Y por qué?

—Porque se va a morir.

—Mamá no va a morirse, abuela, te lo juro.

Comprendí lo pueril del juramento.

—Desde aquí veo la muerte buscando entre la gente. Tu madre está elegida.

—Es tu hija. Hablas como si la hubieras destinado tú para la muerte.

—Se ha destinado ella con su vida.

—Ninguna vida mata. O matan todas. Lo que mata es vivir. Pero mamá es muy joven.

—Te tuvo siendo niña, o casi.

—¿Por qué quieres que muera?

—Quiero, solamente, que no vaya al infierno.

—No hay infierno.

—¿Eso está en ese libro? Deslenguado.

—No, no está en este libro. El infierno es creer en el infierno.

—Os ciega el demonio. Cuando tu madre vuelva a quedarse en cama, tú me avisas. Ya le he hablado a don Luis. Al menos que confiese y que comulgue. No tiene ni siquiera que ir a San Julián. Y si vuelve a sanar, allá su alma.

Habíamos terminado de comer. La abuela fue a su lecho cogida de mi brazo. Más por sujetarme que por apoyarse. Las criadas esperaban con la cama abierta. El Portu, arrodillado, con el aura de cromo de san Alejo, le estaba dando al perro de comulgar el pan que había sobrado.

—Señoritu, salud al señoritu.

La abuela se sentó en la cama, con las piernas extendidas, como, unos pisos más abajo, solía estar mi madre. Y comprendí, de pronto, que había un clima distinto, allí en los buhardillones, del clima aún invernal de la ciudad.

Vivía la abuela un verano permanente.

Vivíamos abajo un invierno permanente. Algo así pensé. Pero era el de la abuela el veranillo de la muerte. Todo estaba allí muerto.

Le vi al perro su aura y me dio risa. La tiene en algunas estampas. «La vida aquí es un cromo», creo que pensé.

—No te vayas aún, nieto.

—No, abuela.

Mas se quedó dormida.

Las criadas, en sillas bajas, hacían corro a la cama y bordaban en viejos bastidores. Cada gato tenía su triángulo teológico del sol.

Me senté en un rincón, en una silla también baja, a leer a Verlaine. San Alejo, tirado entre baúles, jugaba silencioso con el perro del Portu, o a la inversa. La siesta de la abuela era la muerte.

Me puse en pie, salí despacio, bajé muy lentamente la escalera, pasando del silencio de la muerte al silencio de la vida, que era un silencio de alfombras y tapices. Descendía por la escala de los climas, del verano al invierno de la calle. Pensé que nuestra casa, como la Historia en Tucídides, se organizaba en inviernos y veranos.

Llegué al cuarto de mamá. Por el perfume reciente, comprendí que había llegado y que estaba adentro, quizá dormida. Giré con gran cuidado el pomo de oro. El alto mirador de parra virgen. Ella dormía en el lecho, semidesnuda, semivestida, blanca, larga, fría.

Detrás de su butaca salió el Portu/san Alejo, que había quedado arriba con el perro.

Y se puso los dedos en la boca, no sé si, al levantarlos, bendiciéndome o indicando silencio por mamá, que dormía. La miré blanca y bella, tan esbelta.

Una fina derrota de alabastro.

Todavía en el Casino, a mediodía, algunas veces, si decidía no ir a la oficina. Aquella aristocracia agraria del Casino, un ascensor muy lento, jaula de oro, trayendo de los cielos un general cansado o un notario, y el subir y bajar de los criados, que dejaban imágenes perdidas de sí mismos, seriadas, por los pasillos y las escaleras.

Ventanales abiertos a la calle, cerrados con el doble cristal de la distancia, una ciudad traficando en sus granos y los terratenientes tomando el vino blanco, aperitivo. Todavía en el Casino alguna mañana, el bar como una joyería submarina, el oro de latón como una pompa, todo de un lujo provinciano y extenuado.

Nos íbamos al fondo, donde el aire era malva o nos quedábamos allí, casi en el vestíbulo, la tertulia del bar, la adunación del tiempo, la riqueza, la adunación de víctimas que los socios olvidaban con campari. Las Caravaggio de toda la vida, llenas de velo y rouge, parlanchinas, y Luisa Lammenier, con un cadete pánfilo y escueto, y Eugenia Primo, secreta imitación, repetición secreta de mi madre (entre las dos, la loca y la silente, formaban un todo aproximado, caricatural, que habría querido parecerse a mamá, muy vagamente, creo).

Dalmirina, quizá las de Algadefe, señoritas agrarias, solteronas, don Alonso de Barbanza, paseando solitario su genialidad museal, agropecuaria, rechazada en Madrid, ignorada en París, cantada en la ciudad por los invictos. Miraban a mi madre lentamente, se acercaban, a veces, con cinismo, le besaban la mano.

—Usted aún por aquí. Y está tan bella...
—Sólo superviviente.
—A mí me gustan las supervivientes.
—¿Y no le asustan, como los fantasmas?

El caballero agrario, pelo duro, un dandismo de botas embarradas, espuelas de civil, que no llevaba, que quedaba un momento enredado en las manos, los cumplidos, con el fino La Ina empalidecido.

Eran la generación anterior, cínica, prebélica, los que no hicieran guerra, los que enviaron sus hijos a defender las fincas y la madre. «La madre y las hermanas», según la demagogia familiar al uso.

Todavía en el Casino, algunas veces, el coraje tan suave de mamá y aquel tedio frío de los patriarcas, embarnecidos de sangre y de conversa, doblando en el billar la mansa panza.

Todavía en el Salón Rojo del Corisco, con las mismas amigas, con los mismos cadetes incapaces de entender la querella de frases de mi madre. Si el Casino era la Casa de los Ancianos, el Consejo de notables jugándose al mus una finca de secano, el Salón Rojo del Corisco era el campamento de los vencedores.

Eran las mismas amigas, más o menos, más la prima Samaritana, mirándose a distancia con su viejo. Allí la Lammenier era una antorcha: cadetes, mutilados, provisionales, locos, incendiarios, todos se enamoraban de la rubia, y miraban, luego, a mi madre, muy despacio, presos de aquel perfil de loza ilustre. Un cubismo de espejos y martinis.

Don Alonso de Barbanza, en una mesa, escribía, hacía apuntes, rodeado de museos imaginarios, cosas de Berruguete, lo mucho que sabía, la erudición áurea que había robado a don Manuel Bartolomé Cossío.

El legionario de sí mismo, el pirata jovial de tanta guerra, se acercaba un momento hasta mi madre.

—De usted se dicen cosas. Usted no es de los nuestros. Y eso la hace más bella. Yo amé a una miliciana. El amor no conoce de política. Era en Teruel y le diré...

—No, por favor, ya no me diga nada. De mí se dicen cosas. De usted se dicen crímenes. De ustedes.

Y se bajaba el medio velo del sombrero.

Todavía aquellas tardes del Corisco, Salón Rojo encendido de victorias, la paz sobre la sangre, como un ave muy negra posándose en la charca de los muertos. Yo viví con mi madre, todavía, los mediodías tristes del Casino, las tardes con fragor del Salón Rojo. Un cubismo de vidrio y de domecq.

Era una sociedad triunfal, culpable, que se alegraba el alma con rosarios y se inventaba trabajosamente una cotidianidad que no era cierta.

Yo lo miraba todo, iba entendiendo. Quieren rehacer la vida, me decía. Pero la vida la habían interrumpido ellos, habían incautado el presente duradero, nos habían requisado nuestra biografía como a primo Paulo, allá en la otra ciudad, le requisaran el Ford T, una vez.

Mi madre molestaba, era lo insólito, una superviviente del contrario, con el marido preso en un penal, con el hijo civil allí a su lado, con la sombra de Byron muriendo por la libertad y el uniforme absurdo de las letras guardado en un armario, entre pamelas.

—Creo que es usted la viuda de don...

—No de usted, desde luego, aunque le veo muy muerto, caballero.

Se cansó de la insidia en poco tiempo. Dejaba de acudir a estos salones. Volvíamos a los cines del incógnito. Nos quedábamos en casa, conversando.

Mañanas del Casino, una generación de hombres notables, los que habían incendiado, con sus prédicas, el chabolaje de los Pajarillos, Santa Clara, San Pedro, las Delicias. Tardes del Salón Rojo del Corisco, una generación de centuriones, pretorianos de Dios, Caras de Plata, hermosos segundones, clase media enardecida, ennoblecida de matar con la pólvora del dueño.

Mamá iba allí como provocación. Era la viuda inmensa de una España y el perfil abolido de la Garbo. Tomábamos el té muy lentamente, comprendía yo su papel y al tiempo el mío. Con toda la vulgaridad de la victoria, aquellos hombres, aquellas mujeres, borraban a mi madre con la mano de fuego que pasaron, como por un trigal, por medio siglo.

Mamá, triste de ojos, alto el velo, el moteado, discreto medio velo, ponía más leche al té, tras ponérmela a mí, en la inocencia cómplice de nada.

Había como una primavera previa iluminando la parra virgen. Inocencia llegó a media tarde, de vuelta de la cárcel, del viaje, lo de todos los meses, pero una crispación no inteligente transformaba su rostro, como enigma excesivo para su cabeza estrecha, abrumada por la permanente. Y la Inocencia se encerró con mi madre.

Papá había muerto.

Meditaba yo aquellos días en cómo el cerco se iba cerrando, generando otros círculos concéntricos, en torno de mamá, cuando ya hasta la abuela me la daba por muerta y quería meterle a Dios en la cama. Pero comprendí que todo mi pensamiento era literatura frente a la realidad que estremeció la casa.

Inocencia volvía con el paquete íntegro, enorme, abultadísimo, como si el destino y la Administración —¿tiene el hombre otro destino que no sea la Administración?— lo hubieran enormizado al devolverlo. No quise saber detalles. «Ese preso está muerto; llévese eso.» No quise recordar detalles. La esperanza renovada y prolija con que se había ido engrosando el paquete del mes. ¿La Administración había obviado el comunicar la muerte a la viuda, o el viaje de Inocencia había coincidido con el fallecimiento?

Tampoco quise saberlo. Pero la muerte del prisionero, del ausente, del húsar de paisano, fue una carbonería de sentimientos que atravesó la casa entera como un cambio de clima.

Allá en los buhardillones, yo sabía que la abuela le estaba organizando algún rosario, todas las tardes. Venían las Caravaggio, a ese rosario. Y Luisa Lammenier, y Eugenia Primo, amistades, parientes, viejas criadas. Unas rezaban por salvar su alma y otras porque le habían amado y aún le amaban.

Mamá, naturalmente, no subía.

Mamá estuvo conmigo, muy enferma ella en su cama, con décimas, con tos, contándome la vida del cadáver, en la penumbra ya preabrileña, y yo en el mirador, sin querer acercarme, por miedo, timidez, por no sé qué dandismo ante lo trágico. Ella había decidido disolver el cadáver en anécdotas, el dolor en biografía, y no por verbalismo, sino por otra cosa.

Yo lo entendía así, y me mantuve escuchador distante. Me enteraba de cosas, sobre todo de cosas que ya sabía, pero la conversación, como en el psicoanálisis, era lo de menos. La palabra volvía a ser tribal y sagrada, entre nosotros tres (el Byron del armario, que ella ya no dibujaba); en la conversación éramos tres: ella que hablaba, yo que la escuchaba, más la ausencia/presencia de él, arquitectura léxica que mamá levantaba con alegre esfuerzo, que el amor le esponjaba los pulmones.

San Alejo, allá arriba, les llevaba el rosario a las visitas.

Lloraron las criadas y las tías. Lloraron las amigas que le habían amado desde toda la vida. Lloré yo. Y un momento en que mamá no estaba, entreabrí el armario y le dije al uniforme, no sé si con saña o con amor sañudo:

—Estás muerto, estás muerto, estás muerto.

Pero su imagen se repetía en el espejo interior del armario.

Eran dos.

Mamá cayó muy grave. Vino don Feliz, el médico, con bigote de Chaplin, pelos de Harold Lloyd, todo él cine mudo y confianza. Era su gran momento, cuando mamá no podía ir a los grandes especialistas. Lloraba la Sabina, la portera, con el llanto de siglos de su tortuga de oro. Volvieron las Caravaggio. Me llevé a Betsabé a mi cuarto de estudio.

—Me duele, Francesillo, me haces daño.

—Tú y tu familia estáis presas de una superstición, la santa Rita que te tiene impúber. Nosotros estamos presos de otra superstición: el abuelo en su caja de cristal. Pero papá ha muerto y voy a ser como él. Voy a ser libre. Voy a morir libre. No me caso contigo. Puedes menstruar a mares. Apágale ya el cirio a santa Rita de Casia. Búscate un marido. Ya puedes irte en sangre y eso te curará la neurastenia. Suelta ya el chorro, imbécil.

Betsabé iba llorando hacia el rosario. Su llanto se

confundía con el llanto convencional de las vecinas. El placer de hacer daño, de ser cruel, alivió mi dolor huérfano, y este alivio me trajo nueva culpa.

Fue una semana de letanías y lutos, que atravesó la casa oblicuamente, y de pronto mamá resucitó, el domingo por la mañana.

Las brisas preabrileñas. Pirograbado marceño alegrado de pronto por un domingo que nos dejaba ateridos de sol y de bandera. Mamá se puso en pie, y no tenía color de fiebre en el espejo, se vistió muy de blanco, la penúltima moda o su moda de siempre, más la pamela, los zapatos blancos, palomas zureantes del andar.

—Mira a ver el periódico, pescadito. La hora del concierto, si lo pone.

Había concierto, como tantos domingos por la mañana, y mientras yo me arreglaba a mi vez (primeros afeitados, con cuchilla, un resto de jabón en las orejas, como la escayola de efebo falso de Escuela de Artes y Oficios, la corbata de nudo ancho, romántico), ella se fue reestructurando en ella misma.

Tan bella, tan esbelta, tan Greta, tan herida. No había mancha de moras en su solapa ni en su blusa, pero más adentro (lo había dicho la abuela), quizá la sombría morera de la muerte enriquecía su fruto intemporal. El concierto era a las doce y media. Mamá abrió miradores, y los altos balcones, estrechos como altares del cielo que venía. Tuvo un momento de luz bajo la parra virgen, destocada, en que un frondor de siempre, a contratiempo, iluminó su rostro con un tenue rubor adolescente. El luto se hizo blanco en la gran casa.

Y todo había cambiado de repente.

Salimos a la calle, cogida de mi brazo, ella, tan alta, «ya casi igual de altos, pescadito», sentí por un momento que la muerte del padre era liberatoria, como en Freud —qué horror—, porque yo era ahora el padre, pareja de mamá, o porque su muerte nos liberaba del miedo a su muerte, y algo se desataba en nuestras vidas.

La muerte de aquel Byron de paisano, la muerte de aquel húsar de sangre (doble dentro del armario, por el espejo interior, quizá volviera un día, como Orestes, para vengar algo en alguien), la muerte del tan muerto había corrido por la ciudad, era noticia en el Casino, en el Salón Rojo del Corisco, en los salones, ha muerto aquel gran loco, el rojo, el revolucionario, adónde iba con tanta literatura, ha muerto, ya era hora, así no volverá, de todas formas la tenía perpetua.

De modo que la salida de mi madre, su paseo a pie hasta el teatro, la elección del concierto del domingo, era una gran respuesta silenciosa, su final arrogancia de seno levantado y tenue. Así se ofrecía a todas las miradas, comprendí que era un bello desafío.

—Que nos vean bien vistos, pescadito.

Ya no la emoción conspiratoria de cuando fui a echar la carta para el clericato, sino una decisión consciente y dura, la insolencia dandy que emanaba del húsar del armario.

«Ella está destrozada.» «Por fin ha terminado.» «A ver

ahora qué hace.» «Nos han dejado en paz.» «Vaya novela.»

Estos chismes traían a la casa las Caravaggio y las criadas. El final de mamá, su muerte civil. La ciudad se alegraba de haber perdido su conciencia cívica. Las ciudades sin conciencia y sin memoria (mamá era la memoria que quisieran borrar unos y otros) viven más felices y más tristes, redondeadas por su avilantez, levantando mausoleos a poetas falsos.

Mamá respondía al cerco, al coro negro de los odiadores. No estaba en un rincón, con velo y tos. Salía al concierto, el domingo por la mañana, salíamos los dos, nos paseábamos. Íbamos hacia la música, y todos sabían que cuando ella iba al concierto, la música sonaba para ella. Era la destinataria ideal de los pianos románticos, barrocos. Fuimos despacio por el sol de marzo.

Barrio de clausuras y palacios, nuestro barrio. Luego, un mundo de mercados, laberintos frutales, parroquias sin parroquia, carbonerías hondas donde el posparnasiano Darío Álvarez Alonso había acudido a veces, con la bolsa debajo del abrigo, a comprar medio quilo de carbón. Borrachos de domingo en las tabernas.

Un mundo mañanero y festival saliendo al paso de mi madre, que dejaba un encaje de claridad y pasos, de buen pisar, zapato blanco (mi zapato marrón, muy reluciente, junto a los suyos tan en pico; era lo mío, cuando miré hacia abajo, «perro sembrado de jazmín bailable», como en el poeta agrícola y neoconceptista, de un anacreontismo bueno y popular). Qué esquife de mujer en la mañana.

El pasmo se hacía blanco en cada plaza.

La Plaza Mayor era grande, cuadrada, hermosa, con soportales y un guerrero central, en metal viejo, conde de la indiferencia popular. La plaza Mayor no era demasiado monumental. Más bien no era nada monumental.

La plaza Mayor era el corazón abierto de la ciudad. Don Alonso de Barbanza —melena, pipa y chalina— estaba allí. Sus ojos de pescado caballuno apenas quisieron vernos. De sus dobles fracasos de Madrid y París, se había hecho un éxito local y dirigía museos en la ciudad.

Cruzamos la plaza Mayor. A aquella hora dominical y solar, los grandes edificios devolvían una luz de vitrales a las sombras moradas y azules de la calle. El pequeño y gran comercio reunía en sus escaparates todas las apetencias de la ciudad, los sombreros de mejor fieltro y las espadas de más nacarante damasquinado. Cada escaparate era como una confesión general de las apetencias inconfesables de quienes no podían, no querían o no se atrevían. Las corseterías, con sus esbeltas maniquíes en faja (réplicas en pasta de la numerosa y lejana Greta Garbo de antes de la guerra), eran el mejor espectáculo del domingo. Porque los domingos estaban cerradas las corseterías, como todas las tiendas, de modo que la exhibición de aquellas lencerías, herretes y semidesnudos en pasta rosa o blanca era un mero paganismo de entreguerras, ya que ninguna señora podía entrar a comprarse nada. Pensé que sabía (o supe de pronto que lo estaba pensando) que mamá jamás había usado faja: había sido una Greta natural, esculpida por el viento de su época y no por el esfuerzo industrioso de las corseteras o el mimetismo vicioso del cine.

En los balcones burgueses, de una quietud de Corpus pinciano todo el año, había una vecina asomada en bata o un vecino en tirantes leyendo el periódico, porque preferían ver la corrida de toros en la plaza cuadrada del domingo a bajar a la calle. Más arriba, en los tejados de aldeón castellano, la buharda negra y el geranio, rojo como un agravio, asistían peligrosamente a la fugacidad de lo sempiterno.

Por las calles principales —Dolores, San Pablo— iba y venía la muchedumbre ataviada de sol, porque, los domingos, el sol es un atuendo.

Bajamos hacia el Teatro Tirso de Molina, donde yo había asistido a mí mismo en los espejos, como niño doble, Paquito/Francesillo, desde las representaciones del *Tenorio* a los periódicos conciertos que tengo ya contados.

Y comprendí de pronto que íbamos al último concierto.

A mamá, por la calle, unos la reconocían y otros no. En las gafas de los más enterados había un relámpago de estupor. En el semblante general de la multitud, la curiosidad improbable de saber que aquella mujer de blanco era alguien, sin saber muy bien quién era o si no era nadie.

Algunos caballeros saludaron a distancia, quitándose el sombrero como personajes de Calderón de la Barca, y otros se llevaban solamente la mano con guante al ala de su fieltro, con laconismo dandy y casi militar, pero nadie se acercó a saludarnos, nadie paró a mamá.

Comprendí por esto cómo era ella la leprosa de la ciudad y, al mismo tiempo, improvisé una sociología o una estética del saludo callejero, que precisamente es más ostentoso y como renacentista en quien no quiere acercarse, y suple con el gesto la distancia, y más discreto en quien no se acerca por timidez o circunstancia, pero envía una seña de alguna manera cómplice. Había un trastorno de balcones y un reguero de caras vueltas al paso de la mujer de blanco.

Yo sentía en la cara levantada los mares del domingo, mares de secarral, la hermosura y el peligro del momento. Yo podía sentirme en la cabeza lo rubio del pelo.

La entrada al teatro fue menos espectacular de lo que yo esperaba secretamente, quizá porque yo esperaba demasiado, o quizá porque el concierto era mediocre, de rutina, de oficio, uno más, uno de tantos, y mamá sólo lo había elegido para darse aquel paseo de tragedia blanca, como griega (como la idea que hoy tenemos de los griegos). Don Alonso de Barbanza también estaba en el teatro, persecutor de su remoto, involuntario crimen y miraba a mamá.

Efectivamente, el cansado y cansino director (que expresaba su cansancio como fuerza, como violencia, al dirigir) no nos descubrió nada nuevo ni llevó la orquesta, ese acorazado de la música, a ningún puerto exótico. Don Alonso de Barbanza, noble, bastardo y diletante, dormitaba. Diría luego en el Corisco el chisme asesino.

Yo creo que incurrió incluso en *El sombrero de tres picos*, el director. Don Alonso diría: «Estaba en el concierto, la muy zorra.»

En el descanso se miró a mamá, se habló, sin duda, más de ella que del programa, pero sólo había medio teatro y nadie vino a saludar. Don Alonso de Barbanza era la flor en cenizas del triunfo de los miles de mediocres mediante lo oficial y lo sangriento.

No nos movimos de nuestras butacas.

Ella no se transverberó de música como otras veces, no sé si por la vulgaridad del concierto o porque estaba ya —estábamos— «al otro lado de la música», en el sentido en que dice Rilke, de pronto, en Ronda, tocando el tronco de un árbol, que ha pasado «al otro lado de las cosas». Don Alonso, ultrajado en el lejano pleito que ganara, miraba un muerto en mi madre, no sé cuál.

Me espantó pensar que a mi madre, quizá, no le quedaba ya ni el árbol rumoroso de la música, con su tronco también sonoro y seguro.

Era una muerta blanca oyendo a Turina.

Regresamos en taxi, porque estaba cansada y tenía fiebre. Yo estaba contagiado de su fiebre o, sencillamente, me había emocionado la aventura sin aventura por lo que esperaba de ella más que por lo que ocurriera, que no ocurrió nada, salvo la presencia distante/insolente de don Alonso de Barbanza, que sin duda nos había seguido, o quizá no, y era todo el pasado con chalina, y era el resentimiento doble, mareado de museos, vuelto contra lord Byron y contra Greta Garbo, dueño de la ciudad y de sus muertos. Engolado del crimen de los otros, equivocada vocación de artista.

Mamá se acostó y comió en la cama. Yo leía en el mirador, a la luz rosa de la parra virgen.

Por la tarde ya no era domingo.

Don Luis, don Luis, su Dios de gafas verdes, cruz alzada, el latón desmesurado, ominoso, aquel mástil de hierro de la fragata ruidosa de la Iglesia, el sacristán de pederastias y latines, don Luis, don Luis, su voz ingenua y honda de santísimo pánfilo, el monacillo de la esquila, el santo viático, los chicos que llevaban la cola al santo cura, el coadjutor del coadjutor, la abuela sostenida por Inocencia y Ubalda, más las otras criadas, venidas más detrás, coro de ánimas, Dios como freiduría para el pueblo, siempre, tanta gente en el cuarto, la habitación de mamá, nuestro reducto, y san Alejo, arrodillado en su banzo, con el perro devoto entre sus piernas, dando la salutación al Santísimo en el galaicoportugués del Portu, Santu Dios, Santu Fuerte, Santu Inmortal, líbranus Señor, de todu mal, y sonaba la esquila, don Luis, don Luis, yo estaba en el espejo, yo dentro del espejo, húsar de sangre ya, hombre crecido, heredero del padre, heredero de nada, y la madre en la cama, tan revuelta, rota de fiebre y vómitos, era otra, lo espantoso del dolor es que nos trueca las criaturas, lo satánico de la enfermedad, del tiempo, de la muerte, en fin, es que cambia al ser amado por un desconocido, antes de asesinarlo para siempre.

No era ella.

Habían venido entre la última niebla de ayer y la primera de hoy, como iba siempre el viático, forajido de Dios, embozado de niebla por las calles estrechas.

Habían venido con lamparilla y esquila, sonando entre las sombras, leve campanilleo de la vela, lucecilla pérfida de la esquila, don Luis, don Luis, como tantas veces les viera yo, saltando de la cama en arrebato esteticista, la comunión de los santos, la comunión de los enfermos, la comunión de los muertos, un navío pequeño, un pesquero de almas, desvariando allá abajo, entre las calles.

Después de aquel domingo del concierto, mamá se puso mala, tuvo fiebre alta, y hemoptisis, volviera don Feliz, y los grandes especialistas, requeridos por mí en sus casas de notarios de la muerte, al otro lado del parque, y de pronto, en una pausa, en una mejoría, en una tregua de silencio y parra virgen, la irrupción emblemática y mortuoria, el aviso de la abuela, por criadas, el santo consumero, volviendo embalsamado, en su hornacina de cristal, el núcleo funeral reinvadiendo la casa, nuestras vidas.

¿Habían sacado al muerto en procesión?, rosario de la aurora, locura de beatas con velones, me asomé a la escalera, le soñé allí en el vestíbulo, capilla ardiente de un momento, pero aquello ya había ocurrido, el abuelo murió y se lo llevaron, por qué vuelven los muertos a enterrar a sus muertos, las llamas rezadoras daban una movilidad muy repugnante a aquel terno marrón del consumero inmóvil, muerto, hueco.

Y volví horrorizado hasta el espejo, no supe interponerme entre mamá y don Luis, fui muy cobarde. Grité desde el espejo, gritó el húsar:

—¡Abuela, no hay derecho, tú estás muerta! ¡Y el abuelo también, por qué lo traen! ¡Mamá está viva, por qué queréis matarla!

Don Luis, don Luis, decía la esquila necia, la esquila de rebaño triangular y negro.

No debimos salir a aquel concierto. Mamá estaba muy grave, eso era verdad. El cielo de la abuela, hecho de viejas criadas y perros con el aura de los santos, se había juntado con el cielo consumero de San Julián, Cristos de Juan de Juni y Gregorio Fernández, y don Luis, gafas verdes, largo cuello torcido, ridículo, empalmado, presidía aquel juicio final, reunión de cielos, mi madre era la víctima sagrada, la sacrificada (*sacrificio* y *sagrado* son palabras hermanas: es sagrado lo que se sacrifica, lo supe de repente, mediante la etimología de la intuición, que es la que me ha regido de por vida, y que suele acertar).

—¡Abuela, abuela...!

Don Luis, don Luis, decía la esquilla.

Había un rosario abajo, de la aurora.

Todo el barrio en la calle. Un negrear de viudas alrededor del santo viático.

Los lecheros, de pronto, con su carro de chispas, más que la leche, traían el alba.

Mamá estuvo de espalda, vuelta hacia la pared, pero no respiraba; yo sabía que así se ahogaba. Tenía que estar boca arriba. Mamá deliraba por la fiebre. El espejo miraba desde su altura de azogue. El Leonardo era un llanto en lagrimones lentos de vapor. Y don Luis se arrodillaba, entorpecido de sayales, mitras naturales, gafas verdes, revestimientos, ropones y bordaduras de un barroquismo conventual, clausural.

Mamá, ahora boca arriba, respiraba despacio, con los ojos cerrados, inconsciente.

El caos hizo una pausa y por la pausa atravesó un lechero.

Los muertos, en familia, viven de los vivos. El abuelo, que nunca había sido gran cosa en vida, dudoso entre el Cristo de Gregorio Fernández y el anticristo bueno y pacífico que era don Francisco Giner de los Ríos, el abuelo, que había hecho el bien sin saber si lo hacía en nombre de uno u otro, el abuelo, que se había rezado un rosario camino del Fielato, y otro a la vuelta, se vengaba de su irrelevancia en la familia (muy oscurecido siempre por la figura cuspidal de la abuela), imponiéndonos la tiranía de su muerte.

Las beatas, a su vez, le devolvían todos los rosarios que él había rezado mientras paseaba o comía queso, pues que Dios sólo se expresa mediante sus beatas. Y así entraba en la casa el gran intruso que nunca había sabido de ella.

Era la retaguardia del cielo, que enviaba sus vanguardias de hojalata y gafas verdes contra la virgen de la tribu, contra la criatura sacrificial y blanca.

Una familia es siempre el campo de batalla de dos teologías, de dos angelologías, de dos místicas: la mística de la vida y la mística de la muerte. La religión se encarniza en la familia como la guerra en los países. Pero el rosario de la aurora ya seguía su curso y se perdía hacia huertos de olivos.

Quedaba en toda la casa un hedor de procesión, y allí, en el cuarto de mamá, el rezo de las criadas y los sacristanes, y la paciencia pánfila de don Luis, esperando un despertar de mi madre para confesarla y comulgarla. La abuela, sentada en la butaca que fue verde, tenía una criada a cada lado y a san Alejo tras ella, en pie, rezando sus devociones de la raya de Portugal.

El armario de luna asistía a todo.

¿Cómo había sido la vida del abuelo y de la abuela? Una vida matrimonial bajo conciencia de pecado, unos hijos engendrados presurosamente, con la premura de la culpa, y siempre el mudo reproche de ella a la concupiscencia de él, porque toda mujer de esa raza quisiera haber engendrado del Espíritu Santo.

El placer no sentido se hacía culpable como excesivo placer.

La insatisfacción se sublimaba en culpa.

Y él, el abuelo, culpado y culpable de una inexistente lujuria engendradora, se había hecho un cielo de Fielato, como la abuela un cielo de palomas y criadas.

Cada uno se había retirado a su cielo, hacía muchos años, como a un monacato, y el morir, para ellos, no había sido sino cumplimentar un último sacramento, un arreglar papeles con la parroquia.

Por eso yo no sabía si estaban vivos o muertos.

A la abuela la veía andar muerta por su cielo, en una felicidad con peinadora. Al abuelo lo veía muy vivo en su muerte de hornacina, muy cotidiano con su traje de jefe de Consumos.

Habría podido venirse por su pie desde San Julián.

Instalados cada uno en su muerte real o imaginaria, los abuelos ya no tenían por qué temer a nada. La muerta era mi madre, pues que llamamos muerte a la agonía como llamamos mar a la orilla.

Mi madre vivía su muerte resollante en la cama, inquietada por aquel entierro infecto de un conde de Orgaz que la madrugada agriaba de verdes, como un mal Greco. Yo era el espejo/húsar que todo lo veía, mudo como un espejo, o chillando sin oírme, o sin que me oyesen. Los muertos nos gobiernan —pensé—, y en seguida comprendí que esto era también verdad del otro lado, que el muerto del penal, el húsar de paisano, el uniforme de sangre del armario, el Byron dibujado por mamá, que no sabía dibujar, había gobernado nuestras vidas.

Y decidí muy fuerte escapar a este hechizo, ser yo mismo. ¿Alguna vez lo conseguiría? Mamá estaba posesa de un húsar como la abuela estaba posesa de Dios. (No existe el demonio: existe lo demoníaco, que es la posesión, aunque sea divina, como en el misticismo.)

De modo que los dos viejos milenarios y muertos, el abuelo y la abuela, estaban allí, de madrugada, dirimiendo toda la oscuridad de sus vidas sobre la blancura interior de mi madre.

Yo les odiaba.

Don Luis, el coadjutor, era un hombre alto, muy alto, siempre de la misma edad, que andaba por el barrio paseando la soberbia de los bondadosos y los santos, que es la forma más antipática de la soberbia.

Don Luis, el coadjutor, tenía las gafas verdes, la nariz gruesa y larga, como un goterón de carne, la voz honda de sacristía en polilla, la nuez saliente, siempre por encima o por debajo de esa tira blanca y almidonada que se ponen los curas.

Siempre desencajada.

Llegué a pensar, alguna vez, que había una inadecuación entre aquella nuez y aquel cuello duro y redondo y almidonado, de cura. Aquel señor, que había nacido todo él para curar, que *era* cura, tenía una nuez que no toleraba rigideces, que por encima del cuello era ridícula, por debajo abultaba, y contra el cuello mismo, lo avanzaba como en un chiste. La naturaleza, que es irónica, había fabricado un cura/cura, y le había puesto una nuez incompatible con el uniforme de cura.

Quizá de ahí, de ese desajuste talar, venía toda la tristeza de don Luis, toda la resignación, toda la tenacidad, pues que don Luis era como el degollado por su coadjutoría, el ajusticiado por el almidón, siempre estirando la cabeza de avestruz con lentes para salvar la nuez de su prisión redonda.

Durante la infancia, le besaba yo la mano, hasta que empezaron a darme asco aquellas manos largas, blandas, dermoesqueléticas o sin esqueleto, y comprendí que no me gustaba nada besarles la mano a los señores. De modo que aquel santo, cuya santidad no era sino una proporcionada aleación de timidez y soberbia, andaba por el barrio (palacios y casas humildes) como un estilita subido en su columna, de tan alto.

Hubo un tiempo en que las señoras bien, doña Alfonsa entre ellas, decidieron ir poniendo en marcha un proceso de canonización en vida de don Luis, quizá porque, estando servidas espiritualmente por un santo legal, se consideraban irremisiblemente salvadas. O quizá se tratase, simplemente, de ir allanando las cosas para cuando el coadjutor falleciese, que Roma va despacio y había que disfrutar el santo en vida. Pero pasaba un poco como con la beatificación de mi abuelo, que los papeles nacían con mucha energía de tampones y tamponazos en el clericato local, y luego se desvaían en el viaje hasta Roma.

Porque nunca volvía a saberse nada.

Y don Luis, en realidad, las odiaba a todas, pues había permanecido como ajeno a la santa conspiración, pero en el fondo de su sotana culpaba de inconstantes a las damas del barrio, y así se explicaba a sí mismo el que Roma no le hubiese enviado ya la peana. Todo esto me lo había contado alguna vez mamá, irónicamente, cuando nos cruzábamos con don Luis por la calle. Y aquel embeleco de soberbia y timidez era ahora Dios corporalizado, torturando a mamá en su enfermedad.

Ella se había movido, estaba ligeramente vuelta hacia el cortejo. Lecheros, porteras, vecinas que iban llegando, incluso Eugenia Primo, de vuelta de misa temprana, se sumaban ya al coro negro que llenaba el cuarto. Los movimientos de la enferma eran de fiebre, delirio, malestar.

Pero la santa hipocresía los interpretaba como una vuelta de la salud, siquiera momentánea, para que la enferma recibiera al Señor:

—Ahora parece que vuelve a su ser.

Don Luis levantaba hasta la altura de sus gafas verdes, arrodillado él junto a la cama, un copo de nada incorpórea. Veía un Dios verde.

La custodia, la patena, el copón, el rezo. La mujer de la cama tuvo un espasmo. Ya la ropa revuelta era mitad caos, mitad desnudez, pero de pronto ella, con los ojos cerrados, hizo ese gesto enérgico y perdido de los enfermos, que se arrancan la ropa y hasta el cuerpo, pues todo les estorba.

Y apareció desnuda, un instante, con la cabeza vuelta a la pared, muy serenado el cuerpo por el aire.

(Blanca, esbelta, completa, alabastro caído, ángel desprestigiado, senos adolescentes que me conmovieron, todo un torso de niña, a través del cual la cabeza escultórica se relacionaba armónicamente con la cintura, el vientre, las caderas, el pubis y los muslos. Las rodillas tan suaves aún entonces.)

Era la claridad sagrada y mortal, toda la blancura, toda la pureza que puede dar de sí la vida. Ante aquel bloque emergido de blancura, como mármol mutilado que el mar de la enfermedad sacaba de lo más hondo del lecho, ante aquella claridad sencilla y grandiosa, retrocedió la harina de artificio.

Se replegaban todos como una serpiente que se anilla. Eran ya, sólo, una irregular pirámide de negror en la puerta. El cuerpo, clarísimo y sereno, respiraba.

Desde que murió mamá vivo instalado en su habitación. Durante la mañana leo, escribo, me asomo al mirador de parra virgen, veo la calle de siempre, nuestro barrio, conventos y palacios, los huertos laicos y los huertos de las monjas. Hay un tropel de cielos y de coros, a mediodía, cuando cantan las monjas o las colegialas, no sé dónde. Hago vida de enfermo sin estarlo. ¿Sin estarlo? Me lo ha dicho Inocencia, que me trae las comidas aquí al cuarto:

—Hace vida de enfermo el señorito.

Es verdad. Pero, más que vida de enfermo, hago vida de enferma. Hago la vida de ella. El que yo esté o no esté enfermo, eso no importa, como no importa si el poeta está enamorado de verdad —enfermo de amor— en el buen poema. Vivo una realidad literaria de segundo grado, quizá porque la realidad real de primer grado ha desaparecido para mí.

Eso es todo.

Después del almuerzo (que suelo hacer en la cama, igual que ella) me quedo tendido, boca arriba, oyendo cuplés celestiales y coros de modistas que cantan. No duermo. No es bueno dormir después de comer, durante la digestión. Ella lo decía siempre:

—Un rato de reposo, pero sin dormir.

Tenía razón. El sueño es un trabajo. Mientras se va hilando la novela del sueño, no se descansa. El reposo es el reposo y el sueño es una actividad, un trabajo; el sueño es una escritura.

El sueño es la escritura de los que no escriben. Y la escritura interior (interior a la escritura) de quienes escribimos.

—Un rato de reposo, pescadito, pero sin dormirse.

Me levanto a media tarde. Leo, escribo, estudio a la luz cadmio, fucsia (según la hora) de la parra virgen. Hasta que ya no hay luz y me meto otra vez en la cama, o me quedo asomado al mirador, viendo subir la marea de la noche y el silencio, viendo venir las mareas de tierra firme, las mareas de tierra adentro, que sólo conocemos quienes hemos vivido siempre lejos del mar. Hay que ser el lobo de mar de la tierra. Yo creo que lo soy un poco.

La marea del planeta, una marea de Universo, sube —o baja, quién sabe— en el puerto que es cada estrella, en la playa que es cada cielo, en el farallón de sombra que es cada casa del barrio.

Sé que mi madre está viva, no sólo en mi memoria (lo cual no sería sino un embalsamamiento como el del abuelo en su urna de cristal), sino en mi organismo. Vive en mi organismo, ya que no en el suyo, no sólo porque la recuerde, sino por la misma razón que yo viví dentro de ella, en la proa suave de su vientre, cuando tiraba de ella por las calles.

Nacimiento inverso, ella está en mí como yo estuve en ella. Estoy embarazado de madre. Me angustia, a veces, pensar que todo esto es voluntario: un culto premeditado, un ritual al que me obligo.

Sí, esta idea me ha angustiado durante meses, hasta que he llegado —o ha llegado ella por sí misma— a una sencilla conclusión por contraste: ¿me sería posible hacer otra clase de vida? No, obviamente. La pregunta se responde sola.

Luego no hay farsa en lo que hago.

Claro que tanta fidelidad sólo se completa asumiendo alguna infidelidad: por ejemplo, yo no escribo cartas. Mamá era muy epistolar. Las mujeres son muy epistolares. El epistolario es un género femenino. Yo escribo poemas, prosas, vagos artículos sobre la vaguedad, hago a solas mis oposiciones a esa profesión solitaria que es la de escritor.

Pero no escribo cartas.

En esto me reafirmo ante ella y comienzo a ser yo. Siendo yo, ya puedo dedicarme libremente a ser ella. La abuela no baja nunca por aquí, ni sé si sigue en su cielo de buhardillones o se ha ido al otro. El abuelo lleva dos siglos en su urna, frente al Cristo de Gregorio Fernández. Lleva dos siglos de Cristo endomingado. Ya ninguna criada va a rezarle, pues que la abuela no premia por eso, ahora, o ni siquiera hay abuela.

A veces abro el armario, recorro con la mano caída

los vestidos de mi madre, inclino vagamente la cabeza hacia ellos, sin llegar a hundir mi rostro entre la ropa, como antaño, y todo lo que respiro es pasado.

Se trata, sencillamente, de que los vestidos de mamá, las pamelas de más arriba, las sombrereras, con su prestigio circular y parisino, están pasando por ese purgatorio de olvido e irrelevancia que sigue a todo fallecimiento. La muerte prestigia las cosas del muerto, he anotado, más o menos, hace poco, pero luego viene el desprestigio, la lasitud, la pérdida de una idea de destino cerrado, la vuelta de las sedas, los perfumes y los zapatos de raso a su desvalida condición de coincidencias. No es sino la saturación de una vida por otra. Estoy saturado de madre y quizá el haber ocupado su lugar, su rincón, sea también la manera de huir de ella.

En cuanto al uniforme con alamares de sangre, prestigio bayroniano y gorro de Napoleón (en el estante superior, ahora, junto a las pamelas: el forro exterior tazado hasta la miseria), no es más que el uniforme de algún antepasado, quizá patrilineal, una mortaja como el uniforme consumero del abuelo en su urna. Aquellos enfrentamientos grupales que vivieron en vida las personas, y sobre todo sus indumentarias, no es que ya no sean nada, sino que son una misma y sola cosa: ropavejería del alma. Puedo querer o temer tanto un traje como otro, y el uniforme ya no tiene dentro un cadáver de penal político, y el recuerdo del padre ya no se viste este uniforme, que quizá ni siquiera fue suyo.

Solamente le queda, al Byron del armario, el prestigio óptico del espejo interior, que lo desdobla. Pero eso ya no me asusta. Ese desdoblamiento es la paternidad. ¿Dos padres, dos maridos, dos húsares, dos amantes? Paternidad es duplicidad porque con la imagen del padre siempre estamos haciendo otra. Todo niño tiene el padre que tiene y el que cree que tiene. Yo, que no soy en absoluto un niño, ahora, ya no me siento mirado por el cadáver colgado de la percha, dentro del armario. El Leonardo es una lámina arrancada de un libro sobre Leonardo y san Alejo está en la otra ciudad, haciéndole al primo Paulo los recados del Portu, buen recadero. Cuando muere la madre, sobreviene la realidad.

Un día inicié el trabajo detectivesco —de un detectivismo sentimental— de ir reconstruyendo a mi madre por las pequeñas cosas, por los rastros más delgados, por los detalles últimos. Así, las cartas y tarjetas de la caja de Félix, el ebanista, cartulinas con letras en relieve, un tacto suave y evidente, ciego, como una escritura para ciegos, sí, para ese ciego eterno e incansable que es el sentimiento. Así, las cosas de la mesilla, el termómetro alemán, aplastado, sólido, fiable, con la última temperatura de ella, treinta y siete siete (se muere uno con unas pocas décimas, la muerte no necesita más), el libro releído, picos de página doblados y desdoblados, esa transgresión mínima del drogadicto de la lectura, ese placer triangular de doblar la hoja (los lectores no profesionales prefieren dejar alguna señal, se distancian del objeto/libro, lo respetan, no se confunden con él en un todo, mutilándolo), más pañuelos ni sucios ni limpios, y la pluma estilográfica, como de un mármol negro y veteado, con el plumín de oro, como el mausoleo de la escritura de ella.

Desde el primer momento, aquel detectivismo me había producido un cierto malestar. Luego he comprendido que es de un pietismo falso y de un psicologismo muy pobre. Innecesario, por otra parte, ya que todo me lo tengo muy sabido, y, más que reconstruir a una mujer, la estaba despiezando. O ni siquiera eso, pues que ella es para siempre en este cuarto, en esta cama, un alabastro roto, una extensión esbelta de no sé qué materia ni del día ni de la noche, ni de la vida ni de la muerte. Tampoco tiene importancia, me parece que ya lo he dicho, el que yo esté o no esté enfermo, tocado ya del mismo mal que ella. Eso sería tautológico.

Nada puede venirme ya sino de mi propia curiosidad, que está dormida. Hay días en que la soledad es un sarao, en que la habitación está llena de su pasado. La calidad de una persona, de un objeto o de una habitación no está sino en la cantidad de tiempo que haya condensado en sí. Hay mañanas en que el pregón fresco del lañador, como una hojalata lírica, sube hasta mi cuarto y canta en el espejo con la luz blanca de aquellos días. Hay tardes en que la luz cadmio/fucsia del mirador crea, entre el armario y la tarima, en el aire lleno de presentimientos del sol, más que del sol, una entidad carnal y vigente, una corporalidad que es la de entonces.

Hay noches en que el flamenco de los borrachos en las esquinas, el romance a muerte del gato y la urraca en el tejado de enfrente, una ronda de muertos, de serenos o de curas con el santo viático, actualiza el carácter hostil, amurallado e intemporal de esta ciudad, cuando esta ciudad le era prisión a una mujer blanca que fue la más exigente segregación del siglo.

La ciudad llegó a su máxima estilización mediante una mujer (como otras ciudades u otras épocas llegan mediante un general o un poeta), pero, incapaz de sostener su propia tensión, abolió, con el mismo derecho, lo que había creado. Mi madre fue la idea más luminosa y exigente que la ciudad tuvo nunca de sí misma.

Hasta descender sobre ella el Dios castellanoleonés de gafas verdes, encarnado en el borratajo de don Luis. Del húsar de sangre sólo queda un espejo. Del santo consumero queda una hornacina sin apenas culto. De mi madre sólo quedo yo. La abuela se ha disgregado eucarísticamente en criadas. El alabastro mortal y femenino ha lucido un momento, contra el tiempo y sus fetiches, antes de hundirse en el temporal de la muerte. Ese alabastro de madre, ese desnudo blanco, mate y excesivo, es la corporalidad en que me he reinternado, ámbito de mujer dentro del cual quiero vivir uterinamente. No es su habitación lo que habito, sino el cuerpo blanco de mi madre. Dentro de esa blancura me muevo y nutro.

Pero hay días, ya digo, en que la soledad es un sarao.

ÍNDICE

Introducción   7
LIBRO PRIMERO   19
LIBRO SEGUNDO   95
LIBRO TERCERO   133

ÍNDICE

Introducción 7

LIBRO PRIMERO 19

LIBRO SEGUNDO 63

LIBRO TERCERO 135

AUSTRAL